Knut Schimmel   Siegfried Rodat

Heidelberg hat was!

Achtzehn wahre Geschichten
über verlorene Herzen in Heidelberg

Bibliographische Information der deutschen Nationalbibliothek:

Die Deutsche Nationalbibliothek verzeichnet diese Publikation in der deutschen Nationalbibliographie; detaillierte bibliographische Daten sind im Internet unter http://dnb.dnb.de abrufbar.

Bilder und Gestaltung: Gemeinschaftsarbeit

Herstellung und Verlag: BoD – Books on Demand, Norderstedt

ISBN: 978-3-7528-8084-7

Inhaltsverzeichnis

Was sind verlorene Herzen?

In Heidelberg treffen sich unzählige Touristen aus der ganzen Welt. Von morgens bis nachts schlendern diese durch die abwechslungsreiche Hauptstraße zur jung gebliebenen Alt-Stadt, genießen die Ansicht auf das weltbekannte, zerstörte, aber würdevolle Schloss oder blicken von diesem Schloss in das liebliche Neckartal - und sind dann restlos entzückt.

Es gibt keinen Deutschen, der das Lied „Ich hab mein Herz in Heidelberg verloren" nicht kennt. Und es gibt eine nicht unerhebliche Anzahl von Menschen, die sich hier kennen gelernt haben - und auch dann ihr Herz an den jeweils anderen verloren haben – und als Ausgleich dafür das Herz des jeweils anderen fanden.

Natürlich verliert und findet man kein Herz, es sind die imaginären Bilder, die eingebildeten Vorstellungen, die durch die unerwartete Liebe total aus dem Ruder gelaufen sind. Verlorene Herzen – gefundene Liebe ist der wahre Ausdruck einer neuen, vielleicht noch unbekannten Lebenssituation, die den Unerfahrenen gänzlich unters Wasser zieht. Dann strampelt er mit Armen und Beinen, um wieder Boden unter den Füßen zu finden, und will schnell wieder nach oben.

Verlorene Herzen haben eine unermesslich starke Auswirkung auf den ganzen Körper, auf den Verstand, auf die Seele und auf das körperlich schlagende Organ Herz, das vor Glück sich zu „überschlagen" droht. Hinter einem verlorenen Herzen wird immer mehr ein Zugewinn für das Leben spürbar, der an sich mit keinem seelischen Wohlgefühl zu übertreffen ist. Ein verlorenes Herz versetzt einen Menschen knapp vor die Schwelle des Wahnsinns, ein verlorenes Herz ist wie ein Abendhimmel mit drei Monden – oder vielleicht sogar ein (Kurz-)Abonnement der Glückseligkeit.

Du hast dein Herz in dem Sinne deswegen verloren, weil „Das Herz seine eigenen Gründe hat, die der Verstand nicht begreift", (Blaise Pascal) und weil „Im Herzen eines Menschen der Anfang und das Ende aller Dinge ruht" (Leo N. Graf Tolstoi) sowie „Es eine himmlische Empfindung ist, seinem Herzen zu folgen." (Johann Wolfgang von Goethe) Es sind die vielfältigen ungeschriebenen Gesetze der Liebe, die sich bei jedem anders auswirken und möglicherweise in der Ansicht Friedrich Hebbels gipfeln: „Über alles hat der Mensch Gewalt, nur nicht über sein Herz." Und Giacomo Casanova denkt gänzlich anders wenn er feststellt, dass „die Vernunft des Herzens größte Feindin ist."

Die Erinnerung, in Heidelberg sein Herz verloren zu haben, lässt die Betroffenen wehmütig, aber auch stolz an diese romantischen Zeiten mit großer Leidenschaft zurückdenken – und ein mit Freude gefülltes

Gedächtnis das gemeinsame Erleben noch einmal gefühlvoll und schwärmerisch nachvollziehen, ohne die die glückliche Zweisamkeit nicht möglich gewesen wäre.

Knut Schimmel

Heidelberg, im März 2018

Vorgeschichte

Unerwartet, spannend und manchmal gesteuert von geheimen, wohlwollenden Kräften geht es fast in jeder dieser Geschichten zu. Menschen allein sind die Protagonisten, die etwas erleben, was alle mal wahrnehmen wollen: Das Glück neben sich zu spüren, zu wissen, dass es das Glück fühlbar wirklich gibt. In Heidelberg, in der Stadt, in der man nun auch nachweislich sein Herz verlieren kann, paaren sich Glück und verlorene Herzen zu einer Gemeinschaft, deren Empfinden sich mit Wucht auf die Verliebten auswirken kann.

Die Idee, wie sich das nun wirklich verhalten hat mit den verlorenen Herzen in Heidelberg, hatte Siegfried Rodat, weil er sich fragte, dass es sie noch heute irgendwo geben muss, doch wo sind sie? Man muss sie eben finden. Dann lernte er Knut Schimmel in seinem Kurs „Kommunikation im Alltag" auf der Akademie für Ältere kennen. Knut Schimmel hat sich durch Geschichten schreiben und andere kleine Werke schon etwas geübt, so dass diese Hürde nicht mehr so schwierig zu nehmen war.

Die beiden schlossen sich nach einigen Monaten zusammen, erhielten bei Anica Edinger von der Rhein-Neckar-Zeitung einen Termin und kurz darauf stand auch schon ein Artikel in dieser Zeitung: „Wer hat sein

Herz verloren?" Das Ergebnis dieses fein formulieren Artikels waren siebenunddreißig Antworten von einst und aktuell verlorener Herzen.

Dies ist damit das erste Buch, in dem sich die Autoren mit den betroffenen Paaren unterhalten haben und deren Erlebnisse hier authentisch wiedergeben. Wir haben jedem einzelnen oder den Ehepaaren unsere Erstaufzeichnung zur Überprüfung vorgelegt, damit sie sich von der Korrektheit und Wahrheit überzeugen konnten – oder auch Ergänzungen hinzuzufügen oder Unpassendes streichen konnten. Damit haben wir auch ein Teil der Verantwortung an die Betroffenen selbst weitergeben.

Es ist schön und gut, wenn Gedanken sich auf schriftlichem Wege so weitererzählen lassen und wir danken deswegen allen hier erwähnten Zeitgenossen/innen (aber auch denjenigen, die hier nicht namentlich auftauchen) für ihre (Gast-) Freundlichkeit, Offenheit und Auskunftsfreude sehr herzlich. Wir waren von dieser Haltung sehr überrascht, aber auch sehr angetan, weil dieses Erlebnis eines der wichtigsten im Leben eines Menschen ist. Die Erinnerungen und Gefühle, die vielen Details, die das Kennenlernen mal beschleunigten, manchmal aber auch in kritischen Situationen alles zu kippen drohten, die tauchten oft noch einmal blitzartig auf, so dass sich bei diesen Interviews eine immer fröhliche und angenehme Stimmung und damit eine sehr angenehme Atmosphäre ergab.

Im März 2018

Knut Schimmel   Siegfried Rodat

Ein Bündnis für ewig

Herr Cornelius war einer der ersten, der auf den Zeitungsartikel „Haben Sie Ihr Herz verloren" antwortete – und zwar mit einer imposanten Story. Seiner Liebesgeschichte hat er ein Foto vorangestellt. Es zeigt seine Frau sowie ihn selbst. Untertitelt hat er es mit den Worten:

Für immer Anna

Ja, Anna.

Die Kalender standen damals auf 1968……

Herr Cornelius versteht es, von Anfang an zu fesseln. Seine Geschichte ist authentisch und dies spürt man bei jedem Satz. Der Leser steigt unmittelbar in die beschriebenen Szenen ein, wird sozusagen ein stummer Zeuge eines geschichtsträchtigen Moments: nämlich dem Beginn einer lang anhaltenden Liebe im romantischen Heidelberg. Und das Ende dieser Geschichte ist ja erst der wahre Anfang, denn dort steht zu lesen:
…Es nahm ein gutes Ende, ein sehr gutes, nämlich keins. Denn nachdem Anna an jedem Abend in meinen Armen lag, begann ein Tagesende, wie es schöner und besser nicht möglich ist. Nach nur zwei Monaten beschlossen wir zu heiraten, der Rest ist Geschichte. 2019 werden wir Goldene Hochzeit feiern.

Das Foto der beiden aufrecht gestellten Eheringe beendet seine bewegende Liebesgeschichte.

Vorerst konnten wir das Ehepaar Cornelius nur über diesen Text wahrnehmen, leider noch nicht persönlich kennen lernen. Wie mag ein solches Paar auf andere wirken, ein Paar, das sich nicht alleine der Liebe verschrieben hat, sondern auch die alltägliche Liebe zu leben versucht, die einer noch größeren, umfassenderen Liebe angehört?

Ich als Autor hüte mich, in diesen „Liebestext" einzugreifen, denn ich bewundere diesen Text, die Formulierungen des Schreibers, wenn er die Gefühle, die Sehnsucht und die Befürchtungen beschreibt, die damit einhergehen, wenn man die Frau des Lebens gefunden hat.

Wir waren nun beim Ehepaar Cornelius. Atmosphäre lässt sich zumeist mehr erfühlen als beschreiben. Ich möchte meinen Eindruck so formulieren:

Hier spürt man: Diese beiden führen ein Bündnis für ewig. Und dies sehr lebendig.

14. Januar 2018

Frau und Herr Cornelius

Für immer Anna

Ja, Anna.

Die Kalender standen damals auf 1968. Für Außenstehende war es wahrscheinlich ein gewöhnlicher Tag, für mich jedoch gab es in den zwei Jahrzehnten meines bisherigen Lebens nichts, was nur annähernd so bedeutend war wie die letzten einundzwanzig Stunden.

Lassen Sie mich davon erzählen.

Es war kurz vor 18 Uhr. Ich ging an besagtem Tag auf dem Heidelberger Bismarckplatz auf und ab und schaute aufgeregt und hochgestimmt zugleich hinüber zu der Ladentür einer besonderen Boutique. In wenigen Minuten käme Anna aus diesem Laden und stünde dann auf dem Trottoir der Sofienstraße. Gewiss würde sie nach mir suchen, doch wohl kaum damit rechnen, was sie stattdessen zu sehen bekäme.

Da ich - ein junger Mann mit zeitgemäß langer Mähne - die Heidelberger Gepflogenheiten nicht kannte, wusste ich freilich auch nichts über das Verhalten der hiesigen Polizei. Würde sie einschreiten oder sich um wichtigere Dinge kümmern? Immerhin demonstrierte und rebellierte man in jenen Wochen unentwegt. Die 68er waren aktiv.

Ich erinnere mich noch gut. Alles war bis zu dem Abend davor im grünen Bereich: das frühe Aufstehen, mein Job mit den Freunden und die kurze Fahrt von Mannheim nach Heidelberg. Der Tag verlief ohne besondere Vorfälle, dann jedoch geschah das Wunder, traf ich aus heiterem Himmel heraus auf jenes Mädchen, auf Anna. Und schon dieses allererste Treffen mit ihr brachte mich völlig aus dem Gleichgewicht, denn mit einem Schlag schien mich etwas umzuwerfen, zu blenden und zu umklammern. Ich spürte eine Art Starkstrom in mir, jede Zelle meines Körpers war elektrisiert. Alles war auf einmal ungeheuer euphorisch. Und dies, obwohl der Abend so gewöhnlich begann, denn ich wartete mit meinen Freunden ja nur in der Bergheimer Straße vor dem Capi-Keller auf ein paar Mädchen, als sie inmitten einiger Gefährtinnen plötzlich vor mir auftauchte. Das war zunächst alles. Mehr geschah nicht. Sie stand bloß neben mir und tat weiter nichts, als da zu sein. Ein wirklich bezauberndes Wesen, dachte ich: klein, zerbrechlich, ungeheuer süß, aufgeweckt und ausgelassen, dazu noch blond und ja, auch sehr erotisch. Noch während sich die meisten von uns berieten, wo wir unsere Tour durch die Altstadt beginnen sollten, hatte ich nur dieses eine Mädchen im Auge: Anna.

Wie auch immer: Der Abend hatte wie stets begonnen, wenn wir uns gemeinsam dazu aufmachten, ein neues Viertel zu erkunden. Meine saarländischen Freunde und ich verdienten uns nämlich tagsüber im Mannheimer Hafen ein paar Mark als Lagerarbeiter, denn wir waren in jenen Monaten alle arbeitslos, wollten aber nicht wie viele nur auf das Arbeitslosengeld warten, sondern selbst was tun. Wenn wir also die Schiffe entladen und unseren Lohn erhalten hatten, suchten wir die angesagten Lokalitäten der Umgebung auf: Musikschuppen, Kneipen und Kinos. Freilich waren auch Mädchen dabei, eben die, die man bei jenen Aktionen auf die Schnelle kennenlernte. Als wir Mannheim erobert hatten, nahmen wir Heidelberg ins Visier. Hier war es anfangs ebenso unverfänglich und leicht wie in Mannheim: Ein wenig plaudern, lachen und angeben und schon hatte man ein paar Mädchen an der Angel, die mit uns um die Ecken zogen. Doch dann kam Anna, meine Anna. Und ich verliebte mich innerhalb von nur wenigen Stunden in sie. Nie hätte ich bis dahin gedacht, dass mir so etwas passieren könnte, ausgerechnet mir, dem Rock ´n Roller, dem Verrückten, für den mich meine spießigen Verwandten hielten, dem Fantasten, dem Weltverbesserer mit seinen Flausen im Kopf, so sie sagten - und dennoch traf es zu.

Da stand mir also Anna gegenüber, sah mich an, lächelte, sagte ein, zwei Sätze und schon verlor ich den Boden unter den Füßen. Alles wankte, alles schwankte mit einem Mal, alles drehte sich im Kreis. Nein, ich war nicht betrunken, hatte auch zuvor an keinem Joint gezogen oder zu viel Kaffee getrunken. Es gab keine logische Erklärung, doch irgend etwas riss mich von den Füßen. Dieses Gefühl von Sturmflut im Kopf. Jede Zelle meines Körpers bestätigte mir zugleich, dass mir da ein Mädchen gegenüberstand, das dermaßen anders war, als alle anderen, von denen ich jemals glaubte, sie seien von Bedeutung.

Einige Stunden später - alle anderen waren schon davongezogen - saßen wir, Anna und ich, unweit ihres Elternhauses in meinem dunkelroten Renault R4. Die Straße, in der sie wohnte, schien ausgestorben. Nicht einmal eine Maus huschte über den Asphalt. Aber hätten wir sie denn bemerkt? Hätten wir im Nachhinein sagen können, ob der Mond in jener Nacht ein Voll- oder doch ein Neumond war? Nein, denn es zählte nur unser Zusammensein. Wir waren voneinander magnetisiert und wir erfanden in jenen Stunden alles neu: Gott und die Welt, Ebbe und Flut, Berggipfel und Schluchten, Eis und Feuer, Reden und Schweigen, Realitäten und Träume, noch mehr aber und weitaus wichtiger uns selbst in diesen magischen Momenten. Wir sprachen auf einmal mit einer Stimme und unsere Herzen schlugen im gleichen Rhythmus, wir waren einander derart nahe, dass ich in jenem Rausch sogar freudig hätte sterben können. Ich wusste sofort, was hier geschah, war naturgegeben, sozusagen vorherbestimmt. Meine Gedanken überschlugen sich, sie waren nur noch auf dieses Mädchen, auf Anna ausgerichtet. Ich sah sie schon an meiner Seite, als meine

zukünftige Frau und als meine Liebe bis zum Lebens-
ende und darüber hinaus. Und sie, überlegte ich in
jener Nacht? Empfand sie unser Zusammensein genauso intensiv und erfüllend wie ich? Spürte sie
gleichfalls den Drang, die Zeit zu stoppen? Wünschte
auch sie, mich festzuhalten und dass das soeben be-
gonnene Beisammensein nie zu Ende gehe? Ich
brauchte nicht lange abzuwägen, denn ich erkannte
ein eindeutiges Ja in ihren Pupillen.

Doch wie alles im Leben ging auch diese Nacht ir-
gendwann vorüber, der Tag kehrte ein und mit ihm die
Alltäglichkeit. Menschen machten sich auf ihren Weg,
bestiegen die Straßenbahnen oder taten sonst etwas.
Nur ich blieb allein zurück. Und in meinem Kopf dieses
Mädchen. Anna.

Freilich verabredeten wir uns für den nächsten Nachmittag. In ihrer Mittagspause trafen wir uns in der
Shepherd´s Lounge. Ich war schon lange vorher da
und zum Bersten gespannt: Würden die Euphorie, das
Verlangen und der Taumel der letzten Nacht wirklich
wiederkehren? Sie kehrten wieder, nein, sie steigerten
sich von Minute zu Minute. Und ab da wusste ich so
sicher wie das Amen in der Kirche, dass ich Anna lieb-
te.

Doch drehen wir die Uhr ein paar Stunden nach vorne
- wieder zur Szene auf dem Bismarckplatz. Ich wartete

und wartete und wartete. Wie würde sie reagieren? Würde sie meine Botschaft sofort verstehen? Wäre es ihr womöglich peinlich? Tausend Gedanken gingen mir durch den Kopf, doch tief in mir drin wusste ich, dass es richtig war. Nein, ich bereute keine Sekunde, ins Bauhaus gefahren zu sein, um eine Dose weißen Lack sowie einen breiten Pinsel zu kaufen und hernach den einzigen Satz, der momentan mein Leben bestimmte, übermäßig groß und plakativ auf der rechten Seite meines roten Renault R 4 zu malen: Ich liebe dich, Anna!

Dann war es endlich so weit: Anna kam aus der Boutique und sie sah mein Auto und die Menschen, die das Auto bestaunten. Und dann las sie diesen Satz: Ich liebe dich, Anna! Immer wieder las sie ihn. Ich winkte vom Bismarckplatz zu ihr hinüber und sie warf mir einen Handkuss zu. Ja, sagte ich zu mir, ich habe verkehrswidrig geparkt, ich habe mein Auto mit einer weißen Lackfarbe bemalt, ich habe mich nach nur einem Tag schon öffentlich zu meiner Liebe bekannt, ich bin berauscht, nicht mehr mein Herr meiner Sinne, doch es wird ein guten Ende nehmen.

Es nahm ein gutes Ende, ein sehr gutes, nämlich keins. Denn nachdem Anna an jenem Abend in meinen Armen lag, begann ein Tagesende, wie es schöner und besser nicht möglich ist. Nach nur zwei Monaten, beschlossen wir zu heiraten, der Rest ist Geschichte. 2019 werden wir unsere Goldene Hochzeit feiern.

Unsere Liebe ist geblieben, sie ist freilich anders als 1968, denn über alles hinaus, was man gemeinhin mit dem Begriff Liebe verbindet, gibt es bei uns noch immer dieses nicht-zu-Beschreibende, das weit-über-die-Emotionen-Gehende, das Nichtfassbare einer gewachsenen Verbindung. Schauen wir in den Himmel, betrachten wir denselben Stern, lachen wir, amüsieren wir uns über die gleichen Dummheiten, tanzen wir zu heißen Songs, dann tanzen wir mit dem Elan eines Teenagers, und streiten wir, so streiten wir, wie es sich gebührt – respektvoll und fair; und wenn wir einander küssen, dann weil wir uns lieben.

Ja, meine Anna.

Andreas F. Cornelius

Annette und Oliver

Unser Kennenlernen

Im Juni 1990 verbrachte ich mit meinen Eltern und meinem Bruder den Urlaub in Heidelberg. Wir sahen uns viele Sehenswürdigkeiten an und erkundeten die Umgebung. Dabei sahen wir das Plakat: "Super Riverboat Parade" am 30.06.1990. Ein netter Abschluss unseres Urlaubs, also gingen wir hin.

„Ich habe mein Herz in Heidelberg verloren"

Drei Boote waren unterwegs, entschieden haben wir uns für die M.S. Heidelberg. Einen netten Platz fanden wir schnell und ich ging erst einmal auf Erkundung. Oben spielte eine Band Jazz Musik und unten waren die Barons. Musik aus den 60ern, genau richtig für meinen Geschmack. Ich blieb gleich dort. Nachdem die Leute ihre Hemmschwelle überwunden hatten, wurde getanzt. Ich war mittendrin, als ein blonder Junge das Wort an mich richtete:

"Hast Du eine Zigarette für mich. Ein Blick in die Schachtel verriet mir, dass nur noch eine Zigarette vorhanden war. Wir teilten Sie uns und kamen ins Gespräch. Natürlich kam die Frage:

„Wie alt bist Du?"

„Ich bin 24."

Ich sah ihm an, dass er schluckte. Kein Wunder, war er doch erst 19.

Jedoch ließ er sich nicht aufhalten. Wir tanzten, quatschten und plötzlich war die Reise zu Ende. Ungern wollten wir den Abend beenden, doch ich war ja nicht alleine und mein Auto hatte ich auch nicht dabei. Das wäre für ihn doch gar kein Problem, er könnte mich doch nach Hause bringen.

„Wo wohnst Du denn?"

„In Marl!"

„Marl, wo ist das denn?"

„Im Ruhrgebiet, bei Recklinghausen!"

Jetzt hatte ich ihn zum zweiten Mal geschockt, den armen Kerl. Doch auch diesmal war er nicht aufzuhalten. Ich gab ihm meine Telefonnummer und wir verabschiedeten uns. An der Bushaltestelle warteten Mama und ich auf Papa und Hubert, die das Auto holten. Es fuhr ein Roller mit zwei jungen Männern vorbei.

Das erste Telefonat

Oliver gab nicht auf. Kaum waren wir zu Hause, klingelte schon das Telefon. Papa ging ran, da ich unter der Dusche war. Als er mir von dem Anruf berichtete, winkte ich ab. Wenn er noch einmal anruft, sag ich bin nicht da. Oh, was hatte ich da wieder angerichtet. Oliver rief wieder an und wieder.

Schließlich ging ich ran und wir quatschten eine Weile. War gar nicht so schlimm. Von da an schrieben wir uns, wir schrieben eine Menge. Unter anderem erzählten wir uns, dass wir eigentlich gerade mit jemandem zusammen sind, aber dass man doch trotzdem schreiben kann. Es wurde eine richtige Brieffreundschaft.

Der erste Besuch

Eines Tages, es war der 18.08.1990, klingelte unser Telefon. Oliver war am anderen Ende. Erst gab es ein bisschen Small Talk und dann kam er zur Sache. Er sei in der Nähe, ob er nicht vorbeischauen dürfte. Klar, fand ich doch witzig. Er sei aber nicht allein, zwei Freunde wären dabei. Kein Problem. Sie kämen mit 2 Rollern und wären komplett durchnässt und durchgefroren. Was soll es. Ich lud die Drei ein und bald darauf trudelten sich auch ein.

Mein Papa übernahm die Erstversorgung. Die Roller wurden im Fahrradschuppen untergebracht. Mama übernahm dann die wichtige Aufgabe, die Drei mit Essen zu versorgen. Oliver hatte Danny und Ansgar mitgebracht. Die Drei haben eine Tour durch Deutschland gemacht und wollten eigentlich Olivers Verwandte in Nordhorn besuchen. Als die aber nicht besonders gastfreundlich waren, erinnerte er sich an mich. Wir haben sie gleich eingeladen, über Nacht zu bleiben. Es war alles recht lustig und auf jeden Fall unvergesslich. Daraus entwickelte sich auch gleich eine neue Freundschaft mit Danny und Ansgar.

Meine Besuche in Heidelberg

Bald besuchte ich auch schon die Danny. Nicht nur einmal. Oliver sah ich bei dieser Gelegenheit auch immer mal wieder. Eines Tages war ich mit Danny in einem Café. Dort lernten wir Rüdiger kennen. Ein netter Kerl, der uns richtig aufheiterte. Wir tauschten unsere Adressen aus und von da an hatten wir einen heftigen Briefwechsel. Irgendwann besuchte ich auch Rüdiger für ein Wochenende. Wir unternahmen eine Menge und trafen bei dieser Gelegenheit Mathias. Ein Lehrer und Hobbyflieger, der mich gleich auf einen Flug einlud. Schließlich bin ich zu diesem Zeitpunkt noch nie in der Luft gewesen. Ein tolles Abenteuer, ich durfte auch den Flieger steuern (oder wie nennt sich das)

Enten-Treffen in der Schweiz

Im August 1990 habe ich mit Violetta eine Reise unternommen. Wir sind in meiner Ente in die Schweiz zum Weltententreffen gefahren. Die Hinfahrt war schon ein einziges Abenteuer. Dort angekommen hörte der Regen auch nicht mehr auf. Wir waren oben in den Bergen, der Wind wehte heftig und so konnten wir kein Zelt aufbauen.

Wir haben die zwei Tage im Auto verbracht. Die dritte Nacht befanden wir uns im Zelt, aber die Lust hatte uns verlassen und wir fuhren wieder nach Hause.

Richtig traurig, da es gar nicht so lustig war, habe ich erst einmal herumtelefoniert. Ich lud mich bei Mathias

(dem Flieger) ein. Kurz besprochen und gleich losge-
fahren, war ich abends schon da. Wir hatten ein paar
nette Tage, doch plötzlich erzählte er mir, wie nett er
mich findet. Oh je oh je, das wollte ich doch gar nicht.
Also telefonierte ich gleich wieder, nach Hause wollte
ich noch nicht, und Oliver war zuhause. Er hatte noch
frei. Ich besuchte ihn, für eine Woche. Die Dinge nahmen ihren Lauf. Wir unternahmen eine Menge, sind
nachts schwimmen gegangen, haben gegrillt und und
und. Am letzten Abend gab es ein Konzert im
Schwimmbad.

Dort haben wir uns zum ersten Mal geküsst.

Die Trennung

Und es verging die Zeit. Wir führten unsere Beziehung
wie alle anderen, natürlich mit einem kleinen Unterschied, wir wohnten 350 km auseinander. Eines Tages
wurde uns das zu viel. Wir trennten uns am
09.06.1996. Als wir auseinander gingen gab es einen
Grund: 350 km

So verlief es dann auch ziemlich traurig.

Suchen und Finden

In den nächsten 14 Monaten hörten unsere Telefonate nicht auf. Auch trafen wir uns zwischendurch. Jeder von uns versuchte jemanden anderen zu finden.

Doch leichter gesagt als getan. Wir redeten uns beide ein, dass es besser so ist. Wir tätigten kleine Frustkäufe: Oliver kaufte sich eine Harley und ich kaufte mir eine Yamaha. So gab es wenigstens ein Trostpflaster.

Dieses sollte uns dann auch wieder zusammen führen, denn eines Tages gab es hier ein Harley Treffen. Oliver fragte, ob er herkommen dürfte, damit er dorthin fahren könne. Kein Problem. Und so kam, was kommen musste. Wir fuhren zu dem Treffen und anschließend fuhren wir mit den Motorrädern nach Heidelberg. Es war nicht aufzuhalten, dieses Gefühl, dass wir doch zusammen gehören. Es gab wieder Oliver und Annette.

Seither ist alles eigentlich nur noch schöner geworden. Wir mussten einige Dinge überstehen, wie z, B. die Steuerberaterprüfung, die auch eine Prüfung für unsere Beziehung war. Allerdings haben wir so auch einmal 3 Monate zusammen gelebt. Es war herrlich. Nach der Prüfung ging es nur noch bergauf mit uns. Seither sehen wir uns fast jedes Wochenende. Zur Erleichterung fahren wir leider nicht mehr mit Käfer und Ente sondern BMW. Hat was. Eines Tages am 25.01.2003 haben wir uns entschieden zu heiraten. Beide waren wir Verfechter des nicht-Heiratens.

Doch was sollen wir tun, uns nimmt ja sonst keiner. Spaß beiseite, wir führen zwar eine ungewöhnliche Beziehung, aber das hält uns doch nicht ab der Welt offen zu zeigen, dass wir zusammen gehören. Nach rund 11 Jahren sind wir uns sicher:

Das Schicksal oder der Zufall hat es gut mit uns gemeint, denn ich hatte mit meiner Cousine, ihre Tante im Odenwald besucht. Der Mann, von der Tante, ist mit mir nach Heidelberg gefahren und hat mir das Schloss gezeigt. Ich war so begeistert von dieser Stadt, dem Flair, der Stimmung, dass ich mit meinen Eltern und meinem Bruder dort einen Urlaub gemacht habe. Durch Zufall habe ich die Ankündigung für die Riverboat-Parade entdeckt und konnte meine Familie überreden, an unserem letzten Urlaubstag, dorthin zu gehen.

Nach unserem ersten Kennenlernen hat es dann eine Weile gedauert bis wir zusammen kamen, aber auch das war wichtig, denn so haben wir auch wieder Menschen kennengelernt, die noch heute unser Leben begleiten.

Die Trennung war schwer und doch so wichtig, denn danach wussten wir, dass der Weg von 350 km uns nicht aufhalten kann, denn wir halten es ohne einander nicht aus.

Als wir heirateten, gingen wir und alle davon aus, dass wir bis zur Rente den Weg auf uns nehmen.

Doch dann kam die Gesellschafterversammlung in der Kanzlei, in der ich arbeitete (mittlerweile als Mitgesellschafter). Während einer Gesellschafterversammlung, wurde eine Entscheidung, alle Gesellschafter betreffend, beschlossen, die für alle unerfreulich war. Es wurde jedem Gesellschafter freigestellt, die Gesellschaft zu verlassen. Am gleichen Abend fuhr ich zu Oliver und fragte Ihn, wie er es finden würde, wenn ich zu ihm ziehen würde. Seine Antwort: „Das wäre sehr schön". Wir haben diese Entscheidung spontan getroffen und nie bereut, denn wir genießen jede Minute miteinander. Jeden Tag sagen wir uns „ach geht es uns gut" und das bezieht sich nicht auf finanzielle Dinge, sondern darauf, dass wir zusammen sein dürfen. Wir wissen, dass es ein Glück ist, uns so jung kennen gelernt zu haben, dass wir uns zusammen entwickeln durften und dabei auch in die gleiche Richtung gegangen sind, dass wir es schaffen, uns gegenseitig immer wieder aufzubauen, wenn es doch mal nicht so gut läuft, dass wir uns ergänzen und so jeder seine Stärken einbringt, dass wir beide Motorräder, Roller und Autos lieben, dass wir beide gern unser Zuhause gestalten, und beide noch immer verliebt sind, wie vor 27 Jahren. Dafür sind wir sehr dankbar.

Annette Westermann, Januar 2018

Dann kamen die beiden Herren, die das Interview mit den beiden führen wollten:

Wenn man Glück messen oder wiegen könnte und diese Ausmaße würden die Betroffenen selbst und andere beeindrucken, dann wäre nichts von dem erfasst, wie und was diese beiden Menschen für und miteinander empfinden. Unter uns Menschen gibt es wenige, die das haben, was man sich manchmal selbst wünscht: diese positive Lebenshaltung, ihre gute Ausstrahlung und ihr offenes Wesen.

Frau Westermann empfing uns mit ihrem vorfreudigen Strahlen, das wohl nur Frau Westermann so in ihrem Gesicht erblühen lassen kann. Und Ihr Mann, dieser Oliver Kunz, steht nun vor uns und man versteht nun auch, warum Annette Westermann ihn auch unbedingt haben wollte. Gut aussehende Männer sind zwar noch lange keine Garantie für intelligente und unterhaltsame Typen, die darüber hinaus auch noch Benehmen mitbringen und mit der seltenen Gabe des Charmes eine Erscheinung repräsentieren, die dann auch noch durch seinen Heidelberger-Kurpfälzer Dialekt ihre Abrundung findet - auch das mag Annette genauso wie die fröhlichen und offenen Menschen hier in Baden.

Seit 2004 bewohnen sie ein Haus in Plankstadt. Es ist eine Ausweichadresse, weil Heidelberg neben seiner Romantik und anderen positiven Aspekten sich im Laufe der Zeit auch negative Attribute eingehandelt hat. Diese Stadt platzt förmlich aus ihren Nähten, der Verkehr nimmt bis heute zu, doch Heidelberg kann keine neuen breiten Straßen bauen. Und dann ist Heidelberg sehr, sehr teuer. Deswegen Plankstadt, obwohl sich beide in einer blendenden beruflichen Situation befinden. Es fehlt ihnen an nichts, obwohl eine Selbstverwirklichung zum übertriebenen Verwöhnen und Protzen locker möglich wäre. Es ist aber das wohltuende Gegenteil, was Annette Westermann und Oliver Kunz praktizieren. Es ist gelebte Dankbarkeit, dass sie nun beide hier zusammen sein können und sie sich voll bewusst sind, in einem wohl organisierten Land zu befinden, in dem Vollbeschäftigung herrscht, und es trotzdem immer noch Zeitgenossen gibt, diese wirtschaftliche Hausse als noch nicht ausreichend anzuerkennen."

Der in einem der Räume telefonierende Mann war Herr Kunz. Ein richtiger netter Heidelberger Kerl, dieser Herr Kunz, gut aussehend, aber eben ein Typ, der sich wohl fühlt im sanften Nachklang des Kurpfälzischen Dialekt und dem mediterranen Timbre seiner Stimme.

Wir waren also angekommen in der Endphase eines Prozesses zweier Menschen, die sich hier in Heidelberg kennengelernt haben und dank oder trotz vieler Umwege nun als verheiratete Leute in dem Haus wohnen, das ihre Heimat bedeutet.

Annette und Oliver nach dem Interview

Liebeserklärung auf dem Philosophenweg

Wenn man in die Bergstraße kommt, dann zeigt sich Heidelberg von einer Architektur des Jugendstils. Gepflegte, hochherrschaftliche Gebäude präsentieren sich stolz und völlig unzerstört dem staunenden Betrachter. Mit ihrer besonderen Eigenheit der hohen Fenster weisen sie gleichzeitig auch darauf hin, dass einst dem Platzangebot der Innenräume viel Großzügigkeit gewährt wurde. Dass hier kein Haus je kaputt war, bestätigt erneut, dass Heidelberg von keiner Bombe getroffen wurde. Warum das so war und ist, darüber geben mehrere bestätigte oder halbwegs wahre Gerüchte Auskunft.

Wir besuchen hier zwei Menschen, 51 und 49 Jahre, wobei der Herr, mit Vornamen Jörg, der jüngere der beiden ist. Die Eigenart ihres Kennenlernens macht auch die Besonderheit ihrer Geschichte aus. Denn beide kannten unabhängig voneinander eine Freundin, die einstmals mit ihrer Mutter ausgewandert war. So flogen Kathrin und Jörg jeder für sich in einem anderen Düsenjet nach Sydney in Australien. Hier sahen sie sich zum ersten Mal. Vielleicht war es die australische Sonne, die unbekannte Umgebung oder auch das Klima. Diese Bekanntschaft förderte und flocht offensichtlich geheimnisvoll eine tiefere Freundschaft, die der Verstand aber nicht zu deuten wusste, das

Herz aber sehr wohl annahm. Man war sich nahe vom ersten Moment an, sie mochten sich, und so entwickelte sich ein zarter Flirt.

Jörg blieb noch ein halbes Jahr in Australien und verliebte sich prompt in eine Australierin, während Kathrin sich bereits wieder in Heidelberg befand – vergessen hatte sie Jörg aber nicht. Hier haben sich die beiden aber doch noch zwei oder drei Mal getroffen und beide empfanden eine große Affinität zueinander – und damit war das Dilemma für Jörg perfekt. Denn Kathrin war sehr wohl informiert, dass Jörg eine Freundin "Down Under" hatte und er sich nun entscheiden sollte: Kathrin und Heidelberg oder seine Freundin in Sydney. Jörg flog nach Australien zurück. Damit war die Entscheidung gegen Heidelberg und Kathrin gefallen. Ein, wie beide betonten, sehr aufregendes und intensives Gefühl konnte sich nicht weiterentwickeln und erlitt – trotz hoher Intensität beiderseits – unerklärlicherweise einen vorzeitigen Abbruch.

Nichts spricht mehr für die gemeinsamen harmonischen Momente oder Stunden, ob in Australien oder in Deutschland. Das schnelle Zusammen-wachsen der Kontinente durch die verkürzten Flugzeiten ermöglichen denn auch ebensolche zwischenmenschlichen Begegnungen. Es macht da keinen Unterschied, ob 12.000 km dazwischen liegen oder nur zwei Straßen. Der Schmerz der Trennung tut genauso weh, wie die

Freude des Verbleibes beruhigt und entspannend wirkt. Auch die vermeintliche Wahrheit, dass die Zeit alles heilt, erweist sich manchmal als nicht haltbar.

Nach Jörgs Entscheidung sahen sich beide über 20 Jahre nicht mehr. Beide heirateten andere Partner und ließen sich von diesen wieder scheiden. Beiden wurde in diesen Ehen jeweils ein Junge geboren. Ganz vergessen haben sie sich allerdings nie. 22 Jahre mussten vergehen, bis eines der neuen Medien in Form einer Internetplattform namens „StayFriends" aushalf, um über sogenannte einmal oder mehrfach Zufälle Folgendes zu verwirklichen: So erinnert sich Kathrin: „Genau an Heiligabend im Jahr 2009 kam seine erste Mail an mich, er hatte mich auf „StayFriends" wieder entdeckt. Ich war gerade auf dem Sprung in den Urlaub nach Namibia, aber direkt nach meiner Rückkehr schrieb ich Jörg zurück."

Jörg beschreibt diese Zeit so: „Nachdem ich Kathrin auf „StayFriends" zufällig wieder gefunden hatte, wurden all die Gefühle wieder an die Oberfläche gespült. In den vergangenen Jahren hatte ich mich immer wieder gefragt, was wohl aus Kathrin geworden war. Und ich wollte wissen, wie ich mich fühle, wenn ich ihr begegne." Da aus einem Treffen erst mal nichts wurde – Kathrin hatte seinerzeit einen Freund – eröffnete sich per E-Mail eine ungewöhnlich umfangreiche und intensive Korrespondenz mit zunehmend intensivieren

Gefühlen, die innerhalb von drei Monaten einen Umfang von 70 DIN-A4 - Seiten annahm. Jörg sagt: „Ein guter Tag war nur ein Tag, an dem morgens eine E-Mail von Kathrin im Postfach war". Nach Monaten besuchte Jörg seine Eltern hier in Heidelberg, und Katrin stimmte einem Treffen zu. Ein milder Frühlingsabend verlockte zu einem Spaziergang auf dem Philosophenweg. Und dann wusste Jörg, dass Kathrin nichts von ihrer faszinierenden Wirkung auf ihn verloren hatte.

Danach ging alles ganz schnell. Die beiden schrieben sich weiter, jetzt noch häufiger, emotionaler und offener, und verabredeten sich einige Wochen später erneut. Und dann war es auch um Kathrin geschehen.

Bei der Anwesenheit in der Wohnung von Kathrin und Jörg kann man die Freude und Harmonie der beiden hier auch heute – mehr als acht Jahre später – noch in jedem Satz live miterleben. Diese strahlende ehrliche Mimik kann keinem verborgen bleiben.

Jörg und Kathrin in Paris

Die gelungene Namensgebung Philosophenweg kommt ja nicht von ungefähr. Heidelbergs Faszination hat sie ja fast alle hier her geholt: Große deutsche wie auch ausländische Denker. Von Jörg haben wir erfahren, dass er dort oben, ziemlich genau gegenüber dem Heidelberger Schloss, nur getrennt durch das Neckartal, den Zauber seiner empfundenen Liebe nur so seiner Kathrin gegenüber äußern kann:

„Ja, ich habe wirklich mein Herz hier in Heidelberg an Kathrin verloren".

28. Dezember 2017

„Heidelberg hat mich gefangen gehalten – zutiefst gekrallt"

Ehepaar Langer

Siegfried Rodat und ich standen noch auf dem Trottoir und warteten bis es 14.00 Uhr werden sollte. Dann blickte ein älterer Herr aus dem obersten Stock und wollte wissen, ob wir zu ihm kommen wollten? Er erwarte ohnehin zwei Herren und war offensichtlich so wie wir voller Anspannung und Unruhe. Dann bat er uns hoch in seine Wohnung.

Im 3. Stock ist also das Zuhause des Ehepaares Langer. Für die 85-jährige alte Dame und den um ein Jahr älteren Herrn wahrlich eine Höhen-Bewältigung von maximaler körperlicher Rundum-Anstrengung. Dort, wo das Haus steht, befindet sich auch der gefragteste Stadtteil Heidelbergs: Neuenheim! „Jeder Neuenheimer ist ein Heidelberger, aber nicht jeder Heidelberger ist ein Neuenheimer." Das hat uns Herr Langer gleich wissen lassen, wenn man wie er 1931 in Neuenheim geboren wurde und dann auch noch in Neuenheim wohnt.

Hilde Schickel kam 1932 in Grauelsbaum nahe der Stadt Kehl am Rhein auf diese Erde. Es war wirklich ein sehr armes und sehr kleines Dorf. Als der 2. Weltkrieg sich dem Ende näherte und dieser Teil Deutschlands von den Franzosen besetzt wurde, beschloss Hilde Schickels Vater Jagdhunde zu züchten. Diese Idee war klug und weitsichtig. Denn der Oberbefehlshaber der französischen Besatzungsarmee, Vier-Sterne-General Gasseneau, war ein passionierter Jäger und damit auch an ausgebildeten Jagdhunden sehr interessiert. Damit ergab sich die Möglichkeit, die junge Tochter Hilde Schickel dem Französischen General als „Rechte Hand" der Ehefrau des französischen Kommandeurs zu empfehlen.

General Gasseneau war aber auch der erste Verbindungs-Offizier zwischen der Siegermacht Frankreich und der der Amerikaner, so dass er alsbald in das von den Amerikanern okkupierte Heidelberg versetzt wurde. Und die Gouvernante, wie sich Hilde nennen durfte und wie selbstverständlich die französische Sprache durch den täglichen Umgang schnell erlernte, konnte ebenfalls in Heidelberg ihre Arbeit bei dem hohen Offizier fortsetzen. Hier bezogen die französischen Besatzer die Villa eines zu diesen Zeiten sehr bekannten Professors namens Siebeck in bester Lage, ganz in der Nähe des Philosophenweges.

Hilde Schickel, als sie 17 Jahre alt war

Herr Langer erlernte als Sohn eines Schneidermeisters dessen Beruf, arbeitete als Geselle in Köln, beschwor aber immer wieder seine Heimat Heidelberg. Deswegen zog es ihn bald wieder in die Kurpfalz und letztlich direkt ins Heimatnest Heidelberg zurück.

Er war zu diesen Jugendzeiten von vielerlei übermütigen Gedanken beeinflusst und wohl auch immer wieder davon nachhaltig neu inspiriert. Das Schneidern jedenfalls war nicht seine Leidenschaft. Er war auch kein Abstinenzler beim Kneipenbesuch, und eine gewisse Leichtigkeit des Seins war ein Teil seines Charakters. Hinzu kamen die unsicheren Nachkriegsjahre in Deutschland. Er ging vielen anderen Tätigkeiten nach, so dass er sich auf diesem Wege zu einem qualifizierten Alleskönner entwickelte.

Wundersamerweise wurde Heidelberg von den Zerstörungen der Alliierten völlig ausgespart, während das übrige Deutschland sich von den breit angelegten Flächenbombardements langsam wieder zu erholen begann. Eine undenkbar hohe Anzahl von Trümmertonnen musste weggeschafft werden, ehe neue Häuser dann den einstigen Verwüstungen wieder ein geordnetes Aussehen gaben.

Damit zogen auch die bekannten Traditionen zurück in die Erinnerungen der deutschen Bevölkerung. Und so kam es, dass der hochherrschaftliche Königssaal im

Heidelberger Schloss der Ort sein sollte, den der damalige D. S. C. – Dresdener Sport Club - HEIDELBERG EV – als die für den Fasching geeignete Räumlichkeit anmietete.

Manfred Langer, damals 23 Jahre, wurde nun von seiner Tante arg bedrängt, an diesem seit langem nicht mehr erlebten ausgelassenen Faschingsball doch teilzunehmen, er solle aber seine Cousine und noch andere junge Frauen mitnehmen. Manfred sträubte sich, wehrte ab, versuchte vehement verbal seine Unlust zu demonstrieren, dort einfach nicht hin zu wollen, obwohl die Tante in jedem Falle den Eintritt zahlen würde.

Nicht viel anders war die Bereitschaft von dem 22. jährigen Fräulein Hilde Schickel zur Heidelberger Fastnacht zu gehen. Ihre seelische Verfassung und die Lust, einem solchen Treiben beizuwohnen, waren extrem gering, auch weil der Freund ihrer Freundin nicht kommen wollte.

Herr Langer lässt während unserer Unterhaltung und seiner Erinnerungen nicht locker zu betonen, dass hier das Schicksal einzugreifen beginnt. Er ist bis heute überzeugt, überhaupt nicht an eine feste Freundin gedacht zu haben, viel weniger sich binden zu wollen.

Auch für Hilde kamen zu dieser Zeit junge Männer vielleicht mal in Gedanken vor, doch niemals schon für ein enges Miteinander. Und so übernahm offensichtlich eine andere Regie den Verlauf des Abends, nicht nur alleine deswegen, weil an Karneval traditionsgemäß den Damen auch das gleich-berechtigte Auffordern der Herren zum Tanz möglich war und damit ganz andere Paarkombinationen gewählt werden konnten.

Vielleicht war es die so typische Karnevals-Musik, die die Stimmung und Ausgelassenheit in Schwung brachten, sicher sorgt auch Alkohol noch mal zusätzlich für ein lockeres Zusammensein. Ganz bestimmt aber waren es die beiden schönen, jungen und lebenslustigen Menschen Hilde und Manfred, die mit ihren zuneigenden Blicken und dem jeweiligen Herzen nochmal ein paar „Schläge der Annäherung und vielleicht auch Liebe zur Herzensübereinstimmung" beisteuerten, so dass dieser Abend „die erste Begegnung mit großer Nachwirkung war."

Weil eben an Karneval viele unglaublichen Einfälle das Publikum überraschen können, ließ sich wohl das Präsidium der Karnevalisten noch einen besonderen Karnevalsjux einfallen: Eine Lautsprecherdurchsage ermunterte willige Teilnehmer, sich noch an diesem Abend trauen zu lassen. In einem Zelt war ein improvisiertes Standesamt eingerichtet, wo sich junge

Pärchen in karnevalistischer Manier das „Ja-Wort" gaben. Als Bestätigung dafür wurde dann den „Verheirateten" eine Heiratsurkunde vom Standesbeamten ausgehändigt. Unser Hochzeitspaar „feierte diese Faschingsehe" am 6. Februar 1954.

Frau und Herr Langer nach dem Interview
am 28. 12. 2017.

Herrn und Frau Langer erlebten wir nun mit einem mehr und mehr zunehmenden Engagement in eigener Gedächtnisstärke. Es werden Fotoalben in den Schränken gesucht und gefunden. Die Erzählweise wurde nun auch körperlich noch mehr unterstützt, das

Deuten auf Bilder mit bestimmten Personen ließen Erinnerungen aufblitzen und die Freude ihrer erlebten Vergangenheit sorgte fast schon für eine sich glättende Gesichtshaut bei den Langers. (Und Hilde Langer sagte mir so ein bisschen verschüchtert, leise und auch dankbar: „Und ich war so unruhig und unsicher, als Sie Ihren Besuch bei uns angekündigt haben.)

An Weihnachten 1954/55 beschlossen die Eltern von Herrn Langer, ihre Silberhochzeit zu feiern. Gleichzeitig sollte auch die – offizielle - Hochzeit von Manfred und Hilde stattfinden. Doch nun griff nicht das Schicksal ein, sondern der zur Liebe gehörende – zu dieser Zeit aber überhaupt nicht passende Wunsch nach Kindern: „Obwohl wir, trotz der immer bereiten und drängenden intimen Körperlichkeit aufgepasst haben, ist es doch noch passiert: Hilde war schwanger!!! Manfred Langer versucht selbst Jahrzehnte danach noch immer, dieses „Unglück" sehr gestenreich nicht zu begreifen, dann aber doch die Schwangerschaft als eine frohe Botschaft zu akzeptieren. Er sah dabei aus, als würde er wie ein Lausbub schmunzelnd der Oma die Haare kämmen, ihr aber gleichzeitig Fett in ihr Haar schmieren. So wurde die Hochzeit wegen Hildes erwarteter Mutterfreuden auf den 2. April 1955 vorverlegt.

Auch die nun folgende Tragödie ist für Herrn Langer eine vom Schicksal eingebrachte Unerklärlichkeit.

Denn just an dieser Silberhochzeit erreichte die beiden ein Telegramm, dessen Nachricht für alle, ganz besonders aber für Hilde, von einem fürchterlichen und niederschmetternden nicht zu fassenden Ereignis geprägt war: Hilde Langers jüngerer Bruder ist mit sechzehn Jahren gestorben!

Es war Hilde Schickel, die aus dem so unbedeutenden kleinen Örtchen Grauelsbaum in das unzerstörte Heidelberg kam und eine gänzlich andere, weite und großzügige Stadt erlebte. Sie genoss ganz offensichtlich ihre andere, schöne neue Umgebung und dieses so wunderbare Gefühl der ersten, tief empfundenen Liebe. Sie empfand eine sanfte Umarmung, die aus dem Herzen des jungen Mannes kommend ihr fast die Sinne raubten.

Glück, oder glücklich zu sein sind zwar oft nur kurze Momente des bewussten und unbewussten Genießen, dafür aber so empfindsam intensiv und eben mit Worten niemals treffend zu beschreiben sind, vielleicht aber, oder doch mit diesem passend gewählten Liedtext: „Ich habe mein Herz in Heidelberg verloren". Und beide Ehepartner haben ihren frühen Entschluss nie bereut. Frau und Herr Langer pflegen einen Umgang miteinander, der liebevoller nicht sein kann und ihre gegenseitige Hilfsbereitschaft ist wie selbstverständlich geblieben.

Wenn verständnisvolle Windstille eine Ehe zur Harmonie werden lässt, dann können und sollen auch andere diesen wunderbaren Zustand ohne Aufdringlichkeit miterleben können. Herr Langer hat mit sichtbarem Stolz mir noch einen kleinen Zettel in die Hand gedrückt, um damit die verbindenden schönen Erinnerungen seiner Frau zu dokumentieren. Denn Hilde Langer hat gemeinsam mit anderen Frauen zur 100-Jahr-Feier der Neuenheimer Feuerwehr an vielen Abenden eine neue Fahne gestickt und immer dafür gesorgt, dass mit der Jugend zu Weihnachten Plätzchen gebacken werden. Ebenso war sie die Initiatorin innerhalb ihrer Gymnastikgruppe, dass es über Jahre einen Abend gab, an dem man Zwiebelkuchen essen und neuen Wein trinken konnte.

Unser Besuch bei diesen beiden wunderbaren alten Menschen, diesen geistig voll funktionierendem Heidelberger Ehepaar, körperlich lädiert, aber kaum klagend, war faszinierend, ermunternd und ich glaube, dass auch Herr und Frau Langer mit allergrößtem Genuss noch einmal ihre Zeit des Kennenlernens und ihre Ehe kennengelernt haben. Beide strahlen in ihrer Zufriedenheit Bescheidenheit aus und sind immer noch mit bemerkenswertem Temperament unterwegs. So jedenfalls wiederholt sich keine Geschichte „verlorener Herzen in Heidelberg", was auch ihre eigenen Worte bekräftigen:

„Schon die erste Begegnung – voll verliebt – beide. Hilde Langer sagt es mit prägnanten Worten:

„Heidelberg hat mich gefangen gehalten – zutiefst gekrallt."

Heidelberg ist ein Kleinod,
das man nicht beschreiben kann

Wir tranken kein Schlückchen Alkohol, um doch trunken die Wohnung des Ehepaares Adler zu verlassen. Mit ihren Erzählungen, Erlebnissen und diesem unglaublichen Verständnis haben die beiden seit dem 18. 6. 1982 verheirateten Menschen uns dennoch so abgefüllt, dass die Sprachlosigkeit zunächst mal das Sagen hatte. Es müssen keine Prunk-Villen in den schönsten und fernab gelegenen Tälern oder Bergregionen sein: Unter deutschen Dächern in einer Etagen-Wohnung in Hendesse ist dieses vereinte Heidelberger Glück schon vor vielen Jahren eingezogen.

Beide hatten eine gescheiterte Ehe hinter sich. Ilse kam vom Bodensee im Jahr 1974 als Konditorenfrau nach Heidelberg, weil das ihr erster Mann so wollte. Sie hatten eine Tochter. Ilse merkte schon bald, dass sie durch ihre Arbeit als Verkäuferin, Führung der Buchhaltung und darüber hinaus noch stark beansprucht wurde und somit ihrem Kind viel Aufmerksamkeit entging. Als dann der Arzt von Ilses Schilderung des belasteten Ehe- und Berufslebens erfuhr, empfahl er ihr, sich von ihrem Mann zu trennen. Es blitze einige Male kurz in Ilses Gehirn - und schon war die Trennung beschlossen.

Als gebürtiger Handschuhsheimer und gelernter Heizungsfachmann arbeitete Roland in einer nahe gelegenen Heizungsbau-Firma. Einmal in der Woche nahm er sich aber die Zeit, um mit seiner Tochter im Köpfel-Schwimmbad Freizeit und Entspannung zu genießen.

Um den Kontakt zu seiner bei der Mutter lebenden Tochter nicht zu verlieren, verbrachte er einen Sonntag mit ihr im Schwimmbad. Während sich seine 13-jährige Tochter im Wasser mit anderen Kindern vergnügte, konnte er nicht wissen, dass auch ein anderes kleines Mädchen in diesem Kinderbecken mit Seiner Tochter plantschte. Er selbst saß in der Cafeteria und sann über sein Leben nach, das durch seine Trennung nicht schöner geworden war. Es waren keine befreienden Gedanken und so widmete er sich wieder seiner Tasse Kaffee.

Unterdessen sucht eine andere Frau ebenfalls in der Cafeteria des hoch über Heidelberg gelegenen Köpfel-Bades einen Platz, um genauso wie Roland einen Kaffee zu trinken und über ihre neue Heimat und ihr Leben nachzudenken, das nun durch die vollzogene Scheidung eine ganz andere Richtung eingenommen hat.

Ich liebe Dich

Ich kann Dir nicht versprechen,
mich nie zu ändern.
Ich kann Dir nicht versprechen,
nie bei schlechter Laune zu sein.
Ich kann Dir nicht versprechen,
Deine Gefühle nie zu verletzen.
Ich kann Dir nicht versprechen,
nie unberechenbar zu sein.
Ich kann Dir nicht versprechen,
immer stark zu sein.
Ich kann Dir nicht versprechen,
meine Schwächen nie zu zeigen.
Aber —
Ich verspreche . . .

Dir immer beizustehen.
Ich verspreche,
all meine Gedanken und Gefühle
    mit Dir zu teilen.
Ich verspreche, Dich nicht einzuengen.
Ich verspreche,
all Deine Handlungen zu verstehen.
Ich verspreche,
immer offen und ehrlich zu sein.
Ich verspreche,
mit Dir zu lachen und zu weinen.
Ich verspreche,
Dir zu helfen, all Deine Ziele
    zu erreichen.
Aber —
mein allergrößtes Versprechen ist,
Dich immer zu lieben.

— Susan Polis Schutz

Blicke die nicht irren können!

In solchen schicksalsbetonten Lebenssituationen sind natürlich die Aufmerksamkeiten für andere, auch fremde Männer, durchaus unterschiedlich gewichtet, obwohl die Skepsis nicht selten Positives zunichtemacht. Oder ein entschlossener Mut sich zu einer anderen Größe erweitert und vielleicht doch ein Gespräch angezettelt wird. Sie saßen wohl an benachbarten Tischen. Sie hatte ein Buch bei sich und las darin gedankenverloren.

„Ist es interessant, was Sie da lesen?

Was will er wohl, fragte sich Ilse? Soll ich antworten?

„Na ja, was soll man sonst machen damit die Zeit vergeht."

„Wieso, sind Sie denn alleine hier? Hat Ihr Mann denn keine Zeit?"

„Ich habe keinen Mann mehr, den hab ich vor zwei Jahren abgelegt!" antwortete Ilse selbstbewusst.

„Ja?! Ich bin auch alleine. Meine Frau wollte nicht mehr mit mir zusammen leben und für sich selbst sorgen. Dann bin ich ausgezogen und wohne jetzt bei meiner Mutter." Anschließend sprachen beide über dieses und jenes.

Ilse war vom festen Willen zu einer neuen Bekanntschaft beseelt, und dann saß da einer, der gut aussah, sich zu benehmen wusste und mit seinen Augen einer Betörung gleichkam. Ilses Faszination dieser blauen Augen nahmen sie gefangen. Mit kaum zu überbietender Begeisterung flogen diese schönen blauen Augen von Roland schnurstracks in Ilses Herz. Die atemberaubende Schnelligkeit dieses gegen-seitigen Verliebens führte nach kürzester Bekanntschaft zu einem Verhältnis offener Grenzen, man möchte fast meinen, dass die Herzen der beiden sich ineinander verschlungen hatten.

„Sind Sie öfter hier" fragte Ilse, denn sie spürte sehr schnell, dass sie diesen Mann nicht mehr loslassen wollte, auch nicht konnte, und so verabredete sie sich mit ihm am Montag, dem Warmbadetag dort oben im Köpfel, um nur nicht die Verbindung abreißen zu lassen. Damit entwickelte sich bei der 31-jährigen Ilse und dem 36-jährigen Roland eine beiderseitige Spontan-Liebe, die sich ganz besonders in einem so tiefen Vertrauen festigte, und bis heute andauert.

Das eine Glück wird nicht ohne Neid oder Eifersucht anderer unbeantwortet bleiben. So meldete die bei der Mutter verbliebene Tochter von Roland alsbald eine neue Verbindung des Vaters zu einer anderen Frau. Liebesbriefe steckten nun fast täglich an seinem Auto oder waren im Briefkasten zu finden. Eine nicht zu unterschätzende Krise bahnte sich an. Die Intelligenz von Ilse ersann eine gewagte, aber auch ehrliche Idee:

Acht Tage versuchsweise Trennung zwischen ihr und Roland, um unwiderruflich zu erfahren: „Die Alte oder die Neue?!" Nach einem gemeinsamen Essen mit Frau Ex dürstete Roland so sehr nach Ilse, dass er bald erleichtert, aber bepackt mit seiner Bettwäsche vor Ilses Wohnungstür stand. Ilse sah durch den Tür-Spion nur „weiß" und konnte nicht ahnen, wer sich hinter diesem wandelnden „Schneegebirge verbarg", öffnete mutig ahnend die Tür und nahm ihren Roland nun endgültig als ihren Mann, ihren Liebsten bei sich auf.

Es war ein so schönes Erlebnis, diese beiden ausgeglichenen und bis in die jetzigen Tage sich zuneigenden Menschen begleiten zu können. Die eine den Bodensee vergessend und Heidelberg als Begegnungsort ihrer Liebe in sich aufnehmend, der andere Heidelberg zutiefst verehrend mit ihren überzeugenden Aussagen zitieren zu können:

„Heidelberg ist ein Kleinod,
das man nicht beschreiben kann."

„Ich habe mein Herz an Heidelberg -
und an ihn verloren."

„Der Beginn einer Liebe mit zwei gefundenen
Heidelberger Herzen."

Und mit Verlaub, das haben uns Ilse und Roland auch noch anvertraut:

Hände-haltend schlafen sie gemeinsam ein –

Hände-suchend wollen sie gemeinsam den Morgen begrüßen.

Ilse und Roland Adler nach dem Interview

Zwei verlorene Herzen in Heidelberg, die nicht alleine altern wollen

Ein wahrhaft fideles und agiles Paar, das sich erst im späten Leben kennengelernt hat. Gerhard M., ein groß gewachsener Herr, der 1932 geboren wurde, mit einem sehr gepflegten Auftreten, beeindruckt nicht nur körperlich, sondern auch mit seiner klaren Sprache, tiefer Stimme und wachem Geist.

Im Jahr 2005 ist seine Frau gestorben. Die Trauer und das damit einhergehende „Verlorensein" begleiteten ihn lange. Der Verlust mit einer über Jahrzehnte miteinander lebenden Ehefrau wirkt lange und niederschmetternd. Deswegen machte sich Gerhard auf den Weg, um sein betrübtes Gemüt aus dem Tal negativer Gedanken und des bedrückenden Alleinseins herauszuführen.

Ob er nun zielgerichtet das Café Schafheutle ansteuerte, oder nur mal eine Pause beim Schlendern durch die Hauptstraße von Heidelberg einlegen wollte, ist nicht klar zu erkennen. Jedenfalls saß dort eine einzelne Dame und neben ihr waren zwei freie Stühle. Eine solche Einladung konnte „Der Verlorene" sich selbst nicht ausschlagen. Nach geübter Manier eines Mannes von Format fragte er die Dame, ob er sich mit an ihren Tische setzen dürfe. Es war der 28. September 2012. Ein wunderschöner Tag im Frühherbst begünstigte seine charmante „Anmache". Es eröffnete sich alsbald ein lebhaftes Gespräch mit unterschiedlichsten Themen bis hin zu einem persönlichen Austausch zwischen den beiden zuvor noch unbekannten Menschen, die aber vom Alter und Habitus her durchaus zu einem weiteren Kennenlernen prädestiniert schienen.

Frau Hannelore L. ist mit ihren heute 77 Jahren eine blendende Erscheinung, so als hätten sich beide zuvor abgesprochen, tritt auch sie in einer sehr passenden und kleidsamen Garderobe auf. Sie versteht es, ohne den Schminktopf besonders zu bemühen, mit ihrer gepflegten Gesichtshaut, ihren wachen Augen und einem bestens funktionierenden Geist jeden zum Schätzen ihres Alters fehlzuleiten.

Während ihres Gesprächs wird sich bald herausstellen, dass beide ihren jeweiligen Ehepartner verloren haben. Hannelore zog nach dem Tod ihres Mannes im Jahr 2007 in den Alterswohnsitz Haus Bethanien-Lindenhof in Heidelberg-Rohrbach ein.

Nach der ersten Begegnung im Schafheutle entwickelt sich eine Zweisamkeit der beiden, die für Ältere – man traut es sich kaum zu schreiben – alte Menschen – als ungewöhnlich, vielleicht auch unglaublich oder sogar als unvorstellbar bezeichnet werden kann – muss.

Hannelore besuchte Gerhard in seiner Heimatstadt Hofheim bei Worms in regelmäßigen Abständen, so wie auch Gerhard bei Hannelore im Bethanien-Lindenhof Gast sein konnte, bis auch er 2015 ein Apartment dort bezog. Ihre Devisen sind so einfach und wahr, dass sie möglicherweise nur von zwei Menschen praktiziert werden können, die aus ihrer Vergangenheit nur die positiven Aspekte herauszunehmen verstanden: Toleranz und Verständnis für und miteinander, Romantik und Lebenslust im Einklang mit Diskretion, Achtung und Rücksichtnahme nicht nur aus Altersgründen, sondern im menschlichen Miteinander und gelebte Solidarität.

Aus ihren Augen und auch ihren Schilderungen ist es unschwer zu erkennen, dass die beiden ein unbekümmertes, sehr soziales und materiell abgesichertes Miteinander führen, sich sehr bewusst sind, dass sie ihre Situation einer genießenden und alterswürdigen Partnerschaft nicht allein ihrer altersweisen Einstellung verdanken. Selbstverständlich wissen sie auch, dass ihnen das Ausbleiben von schweren Krankheiten oder deren Beherrschbarkeit erst zu dieser „Leichtigkeit des Seins im Alter" verholfen haben.

„Le grand cuisinier", so könnte man den 86-jährigen Gerhard beschreiben, der mit großer Leidenschaft seiner hochverehrten, viel eher noch im Alter gefundenen großen Liebe mit eigenen Kochideen seine allergrößte Zuneigung auf dem Teller anzubieten versteht: Denn

Liebe geht - auch – durch den Magen.

Gerhard war derjenige, der nach der ersten Bekanntschaft nie locker ließ, Hannelore für alle Zeit für sich zu gewinnen. So gab er dem Paar Gerhard und Hannelore ein kurzes, aber prägnantes Motto:

Gebremstes Temperament – aber intensiv!

Und es waren drei Motive, die Hannelore für ein gelingendes Altern zu nennen wusste:

Geistig fit zu bleiben, sich körperlich fit zu halten und soziale Kontakte zu pflegen.

Gerhard hat sich aus seiner Heimat Hofheim bei Worms mit einem Gedicht verabschiedet, das hier wegen der Treffsicherheit seiner Zeilen noch einmal zum Lesen angeboten werden soll:

Der Abschied

Der Reiz liegt im Wechsel - im ewig Neuen

Darüber sollte man sich freuen!

Viele Jahre Hofheim - das ist nun vorbei,

es zieht ihn an den Neckar - also sprach der
May!

Deshalb diese Party - mit Freunden - gutem
Schmaus -

Es wird noch mal gefeiert - die Wutz lassen wir
heut' raus!

(Weil jeder das so will - kommt die scheib-
chenweise auf den Grill)!

Mit Steaks - mit Pauken und Trompeten, -

Wechselt Gerhard die Tapeten. -

Ich hab' mein Herz an Heidelberg verloren -

und als Alterssitz mir auserkoren.

Bethanien-Lindenhof hab ich mir gedacht

Gerhard und Hannelore nach dem Interview

Und dort den Wohnvertrag gemacht. -

Auch die Liebste ist an Bord -

Vis à vis in ihrem Hort.

Vom Balkon kann ich ihr winken,

komm' rüber, lass' uns einen trinken!

Die Kaffeetafel ist gedeckt -

Mal sehen, ob Dir der Kuchen schmeckt.

Was soll man dazu weiter sagen,

so lässt der Rest des Lebens sich ertragen!

Freude haben - alle Mal-

Im wunderschönen Neckartal!!!

G.M.

Im Sprachlabor das Herz verloren

„Haben Sie Ihr Herz verloren?" Das war der Auftakt-Artikel, den Anica Edinger in der Rhein-Neckar-Zeitung verfasste und auf den wir als Ideengeber ein starkes Echo erhielten. So wie in den Wald hineingerufen wird, das Echo kann nicht anders antworten.

Zwei junge Menschen gehörten ebenfalls dazu, weil sie die Idee so schön fanden, der viel zitierten Redensart „Ich hab' mein Herz in Heidelberg verloren" ein Gesicht zu geben und diesem Impuls gefolgt sind. Dann saßen wir am 2. 1. 2018 im Seniorenzentrum in der Kirchstraße zusammen und Franziska und Sören erzählten uns von IHREN verlorenen Herzen in Heidelberg. Die Vierundzwanzigjährige, aus der Nähe von Köln stammende, schrieb sich hier als Studentin für Übersetzungswissenschaft für Englisch und Französisch der Universität Heidelberg ein. Inzwischen steht sie kurz vor dem Abschluss ihres Master-Studiums.

Franziska ist offensichtlich eine Frau, die sich mit zwei „Sprachen des alltäglichen Europa" nicht abgeben wollte. Sie reizte eine dritte Sprache, die nicht gleich jeder spricht und für die sie auch eine gewisse Schwäche zeigte – da bot sich Schwedisch an. Sie verbrachte schon Urlaube in Skandinavien, wollte die dortige Kultur näher kennenlernen und erzählte auch begeistert von der Mentalität der Schweden, von deren Lebensauffassung und Solidarität, der so unterschiedlichen Definition des Eigentums und der engen Verbundenheit mit der Natur.

Sprachlabore sind ja keine Hörsäle. Hier werden die Studenten in kleineren Kursen auf unterschiedlichen Niveaus an eine Sprache herangeführt, und irgendwann können sie sich auch in dieser Sprache unterhalten. So forderte eine Ausbildungsleiterin die Teilnehmer dann mal auf, dass jeder sich jedem vorstellen möge.

Unter ihnen war auch Sören, ein heute einunddreißigjähriger junger Mann, der aus der norddeutschen Region Hamburg/Lüneburg stammt und hier in Heidelberg Medizin studiert. Wenn auch die Vorstellung der aus dem Urlaub braungebrannten Franziska ihm zunächst einen falschen Eindruck vermittelte, so konnte er sich schon bald vom Gegenteil überzeugen.

Nun ist ja seine Heimat bereits geographisch viel näher an Schweden, und Sören lernte Schwedisch, um dort ein Semester zu studieren. Dies setzte er zwei Jahre später auch in die Tat um, studierte im schwedischen Lund und arbeitete im dortigen Krankenhaus.

Er und Franziska bildeten mit zwei weiteren Kursmitgliedern schon bald ein Vierergrüppchen, das auch in der Freizeit viel miteinander unternahm, und so brachten sie sich beim Lucia-Fest der schwedischen Gesellschaft Heidelberg mit ein. Franziska ist aber nun eine junge Frau, die es an sich nicht nötig hat, durch Extravaganzen unbedingt aufzufallen, so dass Sören den vermeintlichen Faux pas der Vorstellungsrunde schnell verzieh und die Attraktivität und der Liebreiz der jungen Frau in seinen Fokus geriet. So trafen sie sich immer häufiger nur zu zweit. Ein ganz besonderer Ort war und ist der alte Wieblinger Wehrsteg, den sie immer überqueren mussten, um sich zu treffen, und dadurch eine Verbindung darstellte – häufig war er aber auch der Treffpunkt, spät am Abend, wenn hier nicht mehr so viel los war und man über dem Neckar saß und sich in Ruhe und endlos über Gott und die Welt unterhalten konnte.

Damit und vielleicht erstmalig verloren hier zwei Menschen ihre Herzen in einem Sprachlabor an der Universität in Heidelberg.

Während unseres Gespräches hat sich dann auch noch gezeigt, dass Franziska und Sören gläubige Menschen sind, und so ist es leicht denkbar, dass sie sich bei ihrem Schöpfer für diese innige Freundschaft bedankt haben. Für das Paar bedeutet diese Freundschaft die beste Basis für ihre Beziehung, die zusammen mit der Liebe und dem gemeinsamen Glauben die drei Säulen bilden, auf denen die Beziehung steht.

Für beide würde ihrem Leben ohne Glauben der wichtigste Stützpfeiler fehlen.

Sören wird bald sein Studium beendet haben und sich wahrscheinlich auf Allgemeinmedizin spezialisieren. Franziska steht ebenfalls kurz von dem Endexamen, und beide können es sich vorstellen, sich eventuell sogar für eine kurze Zeit in Schweden niederzulassen, dem Land, dessen Sprache beide inzwischen fließend beherrschen (was auch gerne als „Geheimsprache" genutzt wird). Und wenn wir das richtig verstanden haben, könnte nach den bestandenen Prüfungen die Verlobung folgen. Mit der Teilnahme der „Aktion der gefundenen und verlorenen Herzen hier in Heidelberg", könnte dieses Fest noch eine Bereicherung für die beiden bedeuten.

Für uns Ältere ist es wirklich eine große Erleichterung und Befreiung, dass so viele negative Sperren zwischen den Ländern weggefallen sind und die Annäherung der Völker langsam zwar, aber stetig voranschreitet. Zu den 70 Jahren kriegsfreie Zeiten nach dem 2. Weltkrieg in Europa sollten sich noch ewige Friedenszeiten hinzugesellen.

Franziska und Sören

Wir erleben Heidelberg in einer grandiosen Vielseitigkeit als Vermittlerin liebesbegegnender Menschen. Zum Glück kennt die Liebe keine Jahreszeiten und keine Sprachunterschiede, bevorzugt kein Land dieser Erde, sondern ist eine universelle und souveräne, im Menschen herrschende Naturkraft, die keinen ausspart. Die Liebe insgesamt aber ist nicht so leicht zu begreifen, wie sich das manch einer vorstellt.

Rosenmontag 1958 im Badischen Hof in Hendesse

„Wolle man reilasse, den jungen Studenten?"

Entlang des Neckars führte uns das Navigations-system. Was für ein Glück, dass es das gibt. Denn der steil aufwärts und mit zahlreichen Spitzkehren führen-de Weg wäre sonst nicht so leicht erreichbar gewesen. Die Familie Huth wohnt schon lange in einer dieser Villen, die gen Osten gebaut wurden. Die Sonne be-scheint diesen Heidelberger Stadtteil Schlierbach am intensivsten in den frühen Morgen-stunden - dann den ganzen Tag nicht mehr

Sportlich glänzte Heidelberg noch nie durch einen Fußballverein, in keiner Liga. Dafür sorgte ersatzweise der Rugby-Sport, der vermutlich von den Amerikanern hier eingeschleppt wurde. In dieser Sportart haben die Spieler dieses Rugby-Clubs auch einige Erfolge vor-zuweisen - und natürlich auch eine entsprechende Anzahl von Anhängern.

Eine der merkwürdigen und sehr schwer zu begreifen-den Lebensentscheidungen trug dazu bei, dass Frau Gertrud Huth durch den sehr frühen Tod ihres damali-gen Freundes und Rugby-Spielers eine für sie sehr schwierige persönliche Situation entstand und sie diesen Verlust letztendlich ganz alleine zu verarbeiten hatte. Als 23-jährige junge Frau im Jahr 1958 mögen diese seelischen Schmerzen am ehesten verarbeitet und bewältigt werden können, wenn sich möglichst schnell das Herz zu einer neuen Bekanntschaft durchringen kann, und der Verstand „diese Entscheidung" auch noch befürwortet.

So gesehen mag sich das Leben dann auch vermeintlich unnütze Wege einfallen lassen, die dem betroffenen Menschen zunächst auch nichts bedeuten können. Dass aber ein Hundeverein Menschen zusammenführen kann, ist an sich nur mit den vom Schicksal ermöglichten Vorkehrungen zu begreifen. Denn der Vater des verstorbenen Freundes war der Vorstandsvorsitzende des Schäfer-Hunde-Vereins Heidelberg, wobei die Freundschaft zu Gertrud natürlich nicht verloren ging. Einmal im Jahr ist aber auch in Heidelberg Karneval – und damit gehört der Rosenmontag zu den Pflicht-Feiern in ganz Deutschland. Hierzu wurde Fräulein Hein – wie sie damals noch hieß – von dem Beinahe-Schwiegervater in den Badischen Hof in Hendesse zum Rosenmontagsball eingeladen

Heinrich-Georg Huth ist noch zu „Ostzonen-Zeiten" aus Halberstadt in den Westen gekommen und hat gemeinsam mit einem Kommilitonen eine „Bude" im Siebenmühlental ebenfalls in Handschuhsheim gefunden. Die beiden Jura-Studenten hatten wie alle Studierenden zumindest zu dieser Zeit nicht viel Geld, gerade mal so viel, um sich ein Bier zu leisten. Ein Rosenmontag allerdings ist durchaus in der Lage, diese Engpässe anders zu bewerten. So entschlossen sich die beiden Kumpels „mal die fünf gerade sein zu lassen" und schon waren auch sie Besucher im Badischen Hof.

Leere Portemonnaies füllen sich nie von alleine auf. Rosenmontage aber vertreiben immer schlechte Stimmung und sorgen für Großzügigkeit und Ausgelassenheit. So ermunterte der Wirt des Badischen Hofs die beiden Burschen, doch mal gleich durch die Tür zu gehen und Ausschau nach den schönen jungen Frauen zu halten. Denn Karneval ist zum Tanzen da und sich nicht mit Niedergeschlagenheit anzufreunden.

Ob der 23-jährige Heinrich-Georg Huth dann nur ein Bier getrunken hat, ob er sich freihalten ließ oder den Wirt um Zahlungsaufschub bat, ist nicht bekannt. Wahr ist, dass der noch fremde Student und die strahlende Sekretärin sich beim Tanz, vielleicht auch in einer Verkleidung von Fräulein Hein, bestimmt aber vom Einfluss allgemeiner Andersartigkeit karnevalistischer Gebräuche kennen lernten. Die seltene Gegebenheit der Mithilfe eines Hundevereins und der schmerzenden Leere der studentischen Geldbörse sprechen für eine hohe Variabilität der Toleranz. Auf diese Art sein

Herz in Heidelberg zu verlieren kann nur so verstanden werden, dass diese beiden sich gefundenen Herzen auch eine finanzielle Baisse überhaupt nicht negativ beeinflussen konnte.

Stolz zeigte Gertrud ihrer neu gewonnenen „Rosenmontagsliebe" und dem nun in Heidelberg sesshaft werdenden Partner ihre schöne Heimatstadt. Verabredungen schienen wohl nicht immer den vereinbarten Treffpunkt verstanden zu haben, weil Heinrich-Georg einmal keine Straßenbahn entdecken konnte, die nach „Hendesse" fährt.

Fräulein Hein, das war zu dieser Zeit die gebräuchliche Ansprechformel für junge Frauen, wohnte schon immer in Schlierbach. Ihr täglicher Weg mit dem Motorroller in die Firma des Vaters in Heidelberg-Pfaffengrund – hier wurden Industrieschilder hergestellt - führte sie auch am Studentenzimmer von Heinrich-Georg vorbei, wo sie gleich zu früher Stunde ihre Zuneigung in Form einer mit heißem Kaffee gefüllten Thermoskanne übergeben konnte.

1958 wurde Gertrud dann strahlende Besitzerin eines geschenkten Autos ihres Bruders, so dass sie stolz mit Heinrich-Georg durch den nahe gelegenen lieblichen Odenwald fahren konnte. Und als die junge Frau den neuen Verehrer ihrem Vater vorstelle, da meinte dieser, dass er viel zu vornehm für die Familie Hein sei, denn Hochdeutsch wurde bei den Heins noch nie gesprochen. Eine Sprache oder Dialekt war aber noch nie ein Hindernis, miteinander nicht klar zu kommen.

Gertrud und Heinrich-Georg Ende der 50-er Jahre

Dafür sorgte denn auch Vater Hein, der der Tochter die baldige Verlobung nahe legte. Denn ein vom Vater finanziertes neues Haus neben dem Elternhaus entstand gerade, und die beiden haben sich dort schon mal eine Wohnung „ausgeguckt."

Geheiratet wurde schließlich am 4. November 1960 in der Bergkirche in Schlierbach. Diese Trauung hatte für Heinrich-Georg insofern eine besondere Bedeutung, weil der Halbstädter Pfarrer diese Trauung zelebrierte.

Die Wohngegend der Familie Huth ist ein Ost-Hang in Schlierbach. Es ist eine extrem ruhige und auch durchaus anspruchsvolle Lage – die aber auch, wie mir scheint, gewisse Erinnerungen an das einstige Kennenlernen gemeinsam hat: Ein wahrhaft kräftiger Schäferhund – der 6. Cäsar - ist der Begleiter des Ehepaares Huth auch in älteren Tagen. In diesem Zusammenhang möchten die Eheleute Huth auch ihre Liebe zu Schäferhunden hervorheben, denn Caesar der „I" war auch ein Ostzonen-Flüchtling, den die Eltern von Heinrich-Georg auf ihrer Flucht über Berlin im Sommer 1958 mitnahmen - so ähnlich wie es einst mit dem Schäfer-Hunde-Verein in Hendesse begann.

Das Ehepaar Huth nach dem Interview, 30. 11. 2017

Die Silberne Hochzeit fand im Familienkreis statt, während die Goldene wieder in der Bergkirche dankbar begangen wurde und anschließend in einem Hotel ihren Höhepunkt fand.

Sie verloren ihre Herzen
unter der Theaterbühne

Zwei schöne gesunde Mädchen kommen am Schluss unseres Gespräches mit ihrem Opa heim. Wie eben Kinder so sind, ist ein fremder Mensch mit Papa und Mama schon ungewohnt für die Kleinen, weil sie nicht im Vordergrund stehen können. Dennoch wagen sie sich zu uns in die Küche und natürlich mit der verständlichen Scheu und auch diesem riesigen Problem, wie halte ich jetzt richtig meine kleinen Arme. Der Kopf neigt sich verschämt zur Seite und die fragenden Blicke zur Mutter finden zwar das erwartete Verständnis, dennoch bedeutet das für sie nicht den befriedigenden Trost. Wie wichtig ein friedliches und harmonisches Heim ist, werden sie dann doch erst richtig wahrnehmen, wenn sie mal die schützenden Wände der Eltern verlassen haben.

Der Vater Benedikt Völker ist ein 37-jähriger Realschullehrer mit den Fächern Kunst und Englisch. Die Wahrnehmung seiner schauspielerischen Fähigkeiten und die Freude diesem Genre gegenüber scheinen für ihn eine besonderes Anliegen zu sein. In seiner Gestik, vor allen Dingen die mimischen Begleitungen von Schilderungen aus Theaterszenen

Nelly und Benedikt Völker

sind selbst nur beim Erzählen am Küchentisch sehr ausdrucksstark. Er lebt und liebt diese Kunst und vor allen Dingen die künstlerische Ausdrucksfähigkeit einer Szenerie.

Bert Brecht gab die Vorlage mit seinem Theaterstück die „Dreigroschenoper", in der Benedikt zur Rolle des „Mackie Messer" empfohlen wurde. Die Proben waren gut, man war im Zeitplan, und der fest terminierten Aufführung schienen sich keine weiteren Probleme entgegenzustellen. Dem Regisseur aber fehlte noch eine der wichtigsten Besetzungen, die sich innerhalb der spielbereiten Schauspieler aber offensichtlich nicht anboten. Nun wurde die Zeit doch knapp, und die Bewerber für den Regie Führenden fielen alle durch. Wunder geschehen immer wieder all überall auf dem Planeten, auch wenn es sich „nur" um eine Rollen-Besetzung für dieses Schauspiel drehte. Wie aus einem Zauberhut entdeckte der verantwortliche Mann sozusagen in letzter Sekunde eine junge Frau, die für diese „Knaller-Rolle" einer „Edel-Hure" die optimale Besetzung war. Eine aus Wiesbaden stammende Frau Nelly Streum, die in Frankfurt am Main das Studium der Grundschulpädagogik absolviert und die „Spiel- und Theaterpädagogik" studierte, hielt sich an diesem Tag dort auf, wo nun in Heidelberg die Vakanz für dieser Rolle derart drückend war und die Verzweiflung über ein Gelingen nur durch eine brillante Besetzung zum Erfolg führen konnte. Diese junge Frau geriet nun absolut in den Mittelpunkt des anweisenden Regisseurs. Sie wurde aber auch von zwei Augen wahr genommen, die nicht Fokus sein wollten, sondern von irritierenden Empfindungen geleitet wurden. Hier wird ab jetzt eine nicht allzu häufige Begegnung vorbereitet, die wie von wundersamer Begleitung so sein soll. Denn Nelly sah auch diesen Benedikt, fühlte sich wie von einer sanften Anziehungskraft zwar wie leicht berührt, ließ aber der Vorsicht den Vortritt. Sie lebte schon in einer Beziehung und konnte doch nicht wegen einer so zufälligen Begegnung einfach dafür das Aus erklären.

Nicht anders beurteilte es Benedikt, denn auch er war befreundet mit einer Frau, und Gedanken eines Partner-Wechsels waren nicht seine Zukunftsabsicht — obwohl ihm in diesem Ensemble doch viele Frauen durch ihre eindeutigen Avancen ihre Sympathie anzeigten. (Das allerdings ist auch ein „Schicksal", das manch anderer gerne mit ihm teilen würde.)

Dilemma ist ein Zustand, der sich nicht so recht und befriedigend lösen lässt, weil sich zwei Lösungen anbieten. Hier sind die Hauptmerkmale aber nicht materiell verursacht, sondern völlig andere Kräfte bewirken ein diffuses und unbegreifliches geistiges, seelisches und vom Herzen ausgehendes Wahr-nehmen, was für beide so noch nicht erlebt wurde. Der Widerspruch zwischen Zuneigung und Vorsicht, Anziehung und Respekt verhinderten aus der Tiefe der seelischen Signale und der herzensrelevanten Anzeichen eine Befürwortung welcher Nähe auch immer. Für den Zuhörer dieser erlebten Situation war es ergreifend und so noch nicht bekannt, weil sich hier offensichtlich vermutete Mächte bewusst einmischten. Denn selbst beim Bewahren aller Seriosität, Souveränität und intakten Funktionieren ihres Gehirnes glauben auch die beiden Betroffenen, dass sie sich nicht als besonderes Paar empfinden, begreifen aber auch, mit ihrem un-

glaublich positiven und ehrlichen, von Froh-Mut beein-
flussten Gemüt, in diesem Leben zu sein. Ihre Ausstrahlung mag vielleicht nicht jeder so fühlen, aber die
Wucht ihrer unablässigen Freundlichkeit und seelen-
gesteuerten Herzlichkeit bedeuten für jeden doch die
Begegnung einer besonderen Wahrnehmung.

Ich will dem Lachen kein negatives Benehmen be-
scheinigen, das wäre ja schlimm, einem der schönsten
Lebens-Genuss-Momente den „Garaus" zu machen.
Denn gerade das Lachen zieht so zauberhaft und
harmonisch die Augen und den Mund mit hinein in den
spontanen Lachvorgang, ja sogar das gesamte Gesicht der Lachenden wird in eine einzige Freundlichkeit
und strahlende Glückseligkeit verwandelt. Man könnte
sich durch diese Veränderung andauernd eingeladen
fühlen, weil die vom Lachen Betroffenen uns an ihrer
fröhlichen und beschwerdefreien Welt teilhaben lassen
wollen. Solchen Menschen sagt man auch nach, sie
hätten so ein herrliches und von innen sich auftuendes
und mitreißendes Lachen. Manche sagen sogar, einige Menschen haben ein gewinnendes Lachen, weil bei
dieser positiven Gesichtsveränderung bestimmte innere Werte nach außen, eben in deren Antlitz befördert
werden. Was aber könnte das sein? Ist vielleicht unsere Seele eine Verwandlungskünstlerin, eine unsichtba-
re Schönheitschirurgin, die möglicher-weise schlum-
mernde charismatische Verborgenheiten nach außen

zaubern kann? Frau Nelly Völker ist die Frau, die mit ihrem Lachen alles gewinnt.

Nach der erfolgreichen Aufführung musste die Bühne auch wieder abgebaut werden, was sich zu einem regelrechten Event entwickelte. Doch für die beiden ergab sich dabei eine unerwartete, vor allen Dingen sehr unübliche Möglichkeit, ein geheimes Treffen spontan zu ergreifen. Sie boten ihre Dienste zum Entfernen von Klebestreifen unter der Bühne an, ohne dass sie es abgesprochen hatten. So erlagen beide ohne bewusstes Zutun der gegenseitigen Anziehung und konnten sich zum ersten Mal ganz nahe beieinander erleben.

Nelly musste nach Frankfurt zurück, auch um ihrem Freund das Ende der Beziehung mitzuteilen. Ein sehr schnell hin geschriebenes, aber für den Empfänger niederschmetterndes Ereignis. Hier liegen tatsächlich Freund und Leid sehr eng beieinander.

Im Zuge eines schon lange vorbereiten Engagements auf einer Schule in Wales lehrte sie drei Monate Deutsch, lernte aber auch in dieser Zeit Englisch. Doch ihre Gedanken und Sehnsüchte hatten sich fest in den Wolken über Heidelberg verankert. Sie konnte ihren Abschied kaum erwarten, und nach diesen drei Monaten ging's direkt zurück nach Heidelberg. Auch Benedikt musste seiner Freundin die für sie schwere

Botschaft übermitteln, und dann war auch er frei und erwartete Nelly voll schöner und positiver Gedanken. Dann eroberten die gemeinsamen Wünsche die nahe Zukunft. In einer „magischen Nacht" im Januar 2006, machte Benedikt Nelly den Heiratsantrag. Aus Benedikt und Nelly wurde Benelly. Der Juni 2006 war für die Standesamtliche Hochzeit fest gelegt, wobei die Fußball Weltmeisterschaft in Deutschland noch eine belastende Rolle spielte. Das Match zwischen Deutschland–Argentinien ging in die Verlängerung, und schließlich gewannen die Deutschen im Elfmeterschießen. So konnten die amtliche Hochzeit und der Sieg gemeinsam gefeiert werden. Und endlich im Januar 2007 erwartete der Pfarrer die beiden in der Benediktinerabtei Neuburg.

Ein Fotoalbum zeigte das aufwändig geschneiderte Kleid von Nelly, ebenso ein Hochzeitsanzug von Benedikt konnten die beiden mit ihren strahlenden Gesichtern und Ihr Glück kaum fassen. Es war nicht nur eine Hochzeit junger und schöner Menschen. Die Hervorhebung des kunstvoll geschneiderten Kleides aus samtenem grünem Stoff, mit goldenen Spitzen in harmonischer Übereinstimmung und Gemeinschaft mit den Pfauenfedern am Rücken, die dem jungen Paar die Flüge der Liebe in alle Sphären verleihen soll.

Den Hochzeitsspruch suchten sich die beiden natürlich aus der Bibel, Hohelied 8, 6-7 aus:

> „Leg mich wie ein Siegel auf mein Herz, wie ein Siegel auf deinen Arm, denn stark wie der Tod ist die Liebe, die Leidenschaft ist hart wie die Unterwelt! Ihre Gluten sind Feuergluten, gewaltige Flammen.
>
> Mächtige Wasser können die Liebe nicht löschen, auch Ströme schwemmen sie nicht hinweg. Böte einer für die Liebe den ganzen Reichtum seines Hauses, nur verachten würde man ihn.“

Beide sagen von sich, sie seien Glückskinder, auch mit ihren zwei Mädchen. Sie sind unendlich dankbar in Heidelberg zu wohnen, weil diese Stadt so anziehend sei, pittoresk und imponierend.

Von der Pfalz nach **Heidelberg**

Zwei Freundinnen stehen auf der „Alten Brücke" in Heidelberg. Eine Urlaubsreise hatte die beiden jungen Damen hierhergeführt. Und die eine, begeistert von der schönen Stadt und der sie umgebenden Landschaft, sagt seufzend zu ihrer Begleiterin:" Hier würde ich gerne leben."

Noch am gleichen Abend kam es in einem Heidelberger Tanzlokal dem ,"Pferdestall" zu einer schicksalhaften Begegnung, die diesen Wunsch wahr-machen sollte.

So begegnen sich im August 1968 die Bankkauffrau Marlies und der Handwerksmeister Willi. Es wird getanzt und geredet und eine Romanze beginnt. Marlies, die gerne liest und schreibt, drückt das in diesen Gedichtzeilen aus.

Für Dich

Der Abend hielt die Stadt umfangen,

warf graue Schleier über's Land.

Wir sind am Wald entlang gegangen,

ich hielt mich fest an deiner Hand.

Dein Atem hat mich warm umfächelt

und deine Stimme war ganz nah. Ich hab dir

manchmal zugelächelt,

wie konnt ich anders, du warst da.

Fast lautlos war die Nacht gekommen,

nahm jede Spur von Licht und Schein.

Dein Mund hat meinen Kuss genommen,

es war so gut bei dir zu sein.

Viele Briefe wanderten hin und her. Bald hat man sich in Berlin verlobt und im Frühjahr danach in Heidelberg geheiratet.

Ein Handwerksbetrieb wird aufgebaut und dazu ein Haus auf dem Land. Das Paar bekommt zwei Mädchen und einen Jungen. Das Leben auf dem Dorf mit großem Garten hatte seinen Reiz, aber die Verbundenheit und die Sehnsucht nach der Stadt am Fluss war immer da. So zieht knapp 20 Jahre später die Familie wieder zurück nach Heidelberg. Ein Haus mitten in der Altstadt wird saniert und bezogen.

Marlies, inzwischen Autorin von mehreren Büchern, schreibt diesmal eine Liebeserklärung an „Ihre Stadt" Heidelberg.

Der Alltag summiert sich zum Leben.

Inzwischen gibt es zwei Enkelkinder, die das Leben bunt und abwechslungsreich machen.

Die Liebe hat nun bald ihr 50-jähriges Jubiläum.

Das Paar wird 2020 Goldene Hochzeit feiern.

Marlies Kemptner
Im März 2018

Gedanken und ein Gedicht von Marlies Kemptner

Bei Christina Elsässer und Ulrich Maier ist Zeit belohnte Liebe!

Unser Besuch bei Christina Elsässer und Ulrich Mair am 16. 1. 18

Die meisten Treffen der von uns angeschriebenen „Herzverlierer von einst" finden in deren Wohnungen statt. Dieses Mal mussten wir nach Hemsbach fahren, ein Ort, der wie so viele andere im Rhein-Neckar-Raum in irgendeiner Beziehung mit dem einflussreichen Lorscher Codex stand. So um das Jahr 795 gab es Grenzstreitereien zwischen der „Mark Heppenheim" und dem Kloster Lorsch.

Zum Glück sind diese Probleme schon im frühen Mittelalter bereinigt worden, sonst hätten zwei in Heidelberg verlorene Herzen es nicht gewagt, bis hierhin nach Hemsbach umziehen zu können. Und ausgerechnet die modernste und gefühlloseste Kommunikationstechnik dieser Zeit sorgte nun dafür, dass sich zwei Menschen in einem Computerraum für Windows-Fortgeschrittene in der Heidelberger Volkshochschule trafen. Der Pädagoge Ulrich Maier war vom Habitus her der geeignete Mann, um die vielseitigen und oft schwer zu begreifenden Fähigkeiten eines PCs anderen vermitteln zu können. Außerdem war er bereits um diese Zeit ein erfahrener Schulleiter in Leimen.

Christina Elsässer gehörte durchaus zu den kenntnis-
reichen Teilnehmerinnen dieser Fortbildung, schätzte
aber auch das umfassende Wissen für PC-Anwender
und das pädagogische Geschick von Herrn Maier,
zumal sie ja selbst ein anspruchsvolles Studium der
Gerontologie und Pädagogik absolviert hat.

Irgendwann enden alle Schulstunden, auch jene der
freiwillig besuchten Schulen der Weiterbildung, auch
wenn der Wunsch von einigen Teilnehmern geäußert
wird, noch eine Tasse Kaffee zu trinken, oder sonst
ein Schwätzchen in einem Lokal allemal beliebt ist.
Christina und Ulrich gehörten selbstverständlich auch
zu diesem Kreis; die Macht der Zufälle sollte man nicht
unterschätzen.

Verlorene Herzen sind meist das Ergebnis eines plötzlich eingetretenen Zustandes, ohne selbst-kotrollierend
eingreifen zu können. Der Verstand droht auszuset-
zen, und das Gefühl der nicht mehr zu haltenden Liebe und deren ungeahnten Varianten übernimmt die
Unvernunft. Diese beiden in sich ruhenden Menschen
jedoch begleitet eher die Eigenschaft der Gelassen-
heit, bei der die Faktoren Geduld und Beherrschung
des Momentes ein in die Zukunft gerichtetes Denken
beeinflusst.

„Welch ein himmlisches Empfinden ist es,
seinem Herz zu folgen" J. W. von Goethe

Im Jahr 2003 sind es zwei Ereignisse, die jedes für
sich, für den einen wie auch den anderen, aber auch
beide betreffend, ein sogenanntes Schicksal bedeuten: Die erste Frau von Herrn Maier stirbt. Die Tochter
und der Sohn müssen relativ früh die Endlichkeit eines
Menschenlebens zur Kenntnis nehmen, wobei der
Verlust der Mutter ein ganz anderes Ausmaß des Be-
greifens beansprucht - finden aber in Christina eine
tröstende, verständnisvolle und weise Ansprechpart-
nerin mit ihrer so wunderbaren Veranlagung, ausgesprochen gut zuhören zu können. Herr Maier hat den
Verlust seiner Frau eher mit den Gedanken der Stille
in würdiger Trauer alleine bewältigt.

Eine Tribüne in rot nur für Christina und Ulrich

Im Jahr 2003 übernahm aber auch Frau Elsässer in der Schweiz ein Lehramt und dazu noch eine Schulleitungsstelle – ein weiterer Schnitt. Damit haben sich schon einige hundert Kilometer zwischen den beiden bewährten Pädagogen aufgetan, ein aber offensichtlich gewolltes und sinnvolles Gefühl der Freiheit der beiden Partner, wobei die Freiheit der Wochenenden in der Schweiz wie auch in Deutschland von beiden sehr genossen wurde.

Wenn „gut Ding Weile braucht", dann sind es nicht nur die zählbaren Kilometer zwischen Hemsbach und Beinwil am See, vielmehr ist es ein unschätzbares Vertrauen beider Partner zueinander, die Liebe in der Ferne dann im Jahr 2007 in die Liebe der Nähe mit einem „Schweizer Zertifikat der Eheschließung" zu sich zu holen. Das Kloster Einsiedeln im gleichnamigen Ort diente mit seiner wunderbaren Kapelle für eine würdige und gefühlvolle Kulisse. Von einem besonders grandiosen Zufall fotografischer Erinnerung profitierten Christina und Ulrich, dass ein vollständig mit roten Stühlen bestücktes Amphitheater direkt neben diesem Kloster aufgebaut war und sie sich in diesem prächtigen Ambiente nun auch per Erinnerungsbild wiederfinden können. Vielleicht etwas pathetisch, dennoch für Christina und Ulrich stimmig, passt Nikolajewitsch Graf Tolstojs Erkenntnis über Liebe und das Herz: „Im Herzen eines Menschen ruht der Anfang und das Ende aller Dinge."

Die Verheirateten behielten danach ihre angeborenen Namen. Sie überlegten ernsthaft, ob die Schweiz eine neue Heimat für sie werden könne. Ulrich Maier hat dies treffend, einfühlsam, nett und letztendlich heimatverbunden so formuliert: „Es ist die Art der Badener Sprache mit ihrem weichen Unterton", die ihn neben dem mediterranen Einschlag von Klima und Mentalität so beeindruckt und die liebliche Landschaft der Bergstraße, die ein Wohnen und Leben hier zum „Wohl-Fühlen" einlädt.

Das übereinstimmende gemeinsame Leben von Christina Elsässer und Ulrich Maier bezieht seine Kraft aus ihren gemeinsamen Gesprächen, auch aus der Stille miteinander, die sie für genauso wichtig halten und beide die Lebenstiefe berühren. Eine mögliche Ableitung daraus darf man im engeren Sinne auch so interpretieren: „Beide Herzen sind miteinander gut eingebettet."

Wenn wir mit „unserem Auftrag" in völlig fremden Häusern mit genauso unbekannten Menschen zusammentreffen, dann haben es alle nicht so einfach. Uns ist aber zum wiederholten Male aufgefallen, dass vermeintlich heikle Gespräche in einer Erinnerungsfröhlichkeit ankommen, die dann von den „Inhabern der verlorenen Herzen" sehr gerne auch noch lustig und natürlich im gegebenen zeitlichen Abstand mit einem Schmunzeln diskutiert werden.

Im Kurierraum des Europäischen Hofs verloren sie ihr Herz

Bisher trafen wir alle Bewerber der „verlorenen Herzen" direkt in Heidelberg oder deren eingemeindeten Vororten. Wieblingen ist einer davon. Wieblingen alleine wirkt etwas verloren, Heidelberg-Wieblingen klingt voller und ganzheitlicher. Dennoch behauptete sich das kleine Dorf Wieblingen als selbständige Einheit, als es durch eine großzügige Schenkung an das Kloster Lorsch erstmals im Jahre 767 als „Wibilinga" erwähnt wurde. Überhaupt wurde die Verbundenheit „Wibilingas" mit Lorsch in mehreren Nennungen immer wieder betont.

Die Zeiten der „Zwangsschenkungen" an katholische Einrichtungen sind längt vorbei. Dafür wohnen heute zwei gefundene Herzen in Wieblingen am Neckar, denen ein Hotel in Heidelberg die Möglichkeit gab, sich das Lied der verlorenen Herzen in Heidelberg fest einzuprägen. Siegfried und Helga sind ihren Herzen gefolgt und leben bis heute eine gefestigte Ehe mit drei Kindern.

Erstaunlich, wirklich nur selten anzutreffen ist der gemeinsame Lebenslauf zweier Menschen, die ohne Rücksicht auf ihr teilweise sehr unterschiedliches Temperament sich im Hotel Europäischer Hof in Heidelberg kennenlernen und Jahre später heiraten. Siegfried, Jahrgang 1948, beendete nach 5 Jahren seine Gymnasialzeit und begann eine Lehre als Kellner im immer schon weltbekannten Hotel Europäischer Hof. Hier erhielt er das Rüstzeug für beste Zukunftsaussichten in der gesamten Hotelwelt - und einen schmerzlosen Abschied von der drückenden Schulbank. Die Hotellerie gefällt ihm gut, wird nach der Ausbildung „Commis de rang" und genießt einen guten Ruf beim Chef des Hauses.

Helga, Jahrgang 1945, begann ihre Berufslaufbahn mit 16 Jahren, wo sie fern von Zuhause eine Lehre im Kurhotel in Bensheim an der Bergstraße absolvierte. Nach der Lehre sammelte sie in verschiedenen Hotels in Deutschland und England weitere berufliche Erfahrungen, um danach in Heidelberg eine Arbeits-stelle zu suchen. Der Europäische Hof in Heidelberg litt genau um diese Zeit unter einer schmerzenden Vakanz der erkrankten verantwortlichen Hausdame. Hier nun konnte die junge Helga in einem wirklichen Spitzenhotel zum ersten Mal ihr Engagement und ihre Eignung für die so wichtige Position der stellvertretenden Hausdame unter Beweis stellen.

Helga und Siegfried gemeinsam in Heidelberg

Die ersten zwei Stunden ihres frühen Arbeitstages begannen mit der Einteilung des Personals, die für das Wohlergehen der Gäste in ihren Zimmern verantwortlich waren. Die zweite wichtige Aufgabe war ihre Assistenz der Chefin des Hauses, um dieser beim Arrangieren und Ordnen der unendlich vielen Blumen beizustehen, die dem Haus eine besondere Note verliehen. Dabei ging Helga der Patronin zur Hand, die ihre Arbeit immer leise singend oder summend begleitete.

In Hotels dieser Zeit, Größenordnung und Klasse hatten Abteilungsleiter einen eigenen Speiseraum, wo sie von Kellner-Lehrlingen bedient wurden. (Hier speisen die Fahrer von Konzernführern oder auch die Chauffeure des Adels) Auch für Helga war es nach den wichtigen Ersttätigkeiten früh morgens möglich, in diesem Kurierraum Kaffee zu trinken und zu früh-stücken. Am zweiten oder dritten Morgen bediente der Kellner-Lehrling Siegfried in diesem Kurierraum und er fragte Helga: „Wie gefällt Ihnen denn Ihre neue Arbeitsstelle?" und Helga ihm wahrheitsgetreu antwortete: „Für mich ist alles ganz gut hier, doch die ersten Arbeitsstunden ohne einen Kaffee ist für mich schon eine harte Prüfung." Das war nun ein höchst geeigneter Moment für Siegfried, der schönen Helga mit einer hochwillkommenen Überraschung zu dienen: Am nächsten Tag brachte er der jungen Frau mit den hochgesteckten Haaren in eines der Etagenoffices die so sehnlich gewünschte Tasse Kaffee – und dies ab sofort jeden Tag.

Helga wohnte in einem Personalzimmer und hatte jeden Abend richtig Lust, auszugehen. Eine irische Kollegin war gleich bereit, sie zu begleiten. Sie landeten wie so oft im „Pferdestall" in der Kettengasse. Es war eines der vielbesuchten Lokale mit der lockeren Atmosphäre, in der sich junge Leute gerne amüsieren. Helga, nun sehr verwandelt, statt aufgestecktem Haar und hoch seriösem schwarzen Kostüm, saß nun hier mit langem Haar und kurzem Kleid. Siegfried war auch in dem Lokal und sprach die beiden an. So ist es wenig verwunderlich, dass Siegfried Helga kaum wiedererkannte und sie fragte, ob auch sie Irin sei? Gewiss kann man sich das innere Schmunzeln von Helga vorstellen. Als dann die „neue Helga" nun gänzlich von Siegfried erkannt wurde, konnte dem noch so jungen Abend nichts mehr passieren, zumal dieser Tag für ihn ein sehr besonderer war: Er wurde 18 Jahre alt!

Nun nutzten die beiden jungen Kollegen/innen jeden freien Abend, um in den vielen Studentenkneipen und -kellern bis spät in die Nacht hinein zu tanzen und sich zu amüsieren.

Eine so nette Begebenheit aus der Anfangszeit sollte dabei nicht unerzählt bleiben: Es war ein steiler Aufstieg in der Silvesternacht in den Stadtwald, um auf das nächtlich beleuchtete Heidelberg herunter zu schauen. Oben angekommen, überreichte ihr Siegfried einen kleinen Veilchenstrauß. Die besondere Stimmung zum Neuen Jahr und dieser wunderbare Blick auf Heidelberg machten ihn wohl so romantisch, dass er sich unbedingt und damit unumstößlich verloben wollte. Helga lehnte irritiert und befremdet ab. Sie wollte noch in die Welt und keine feste Bindung. Jahre später, in einem erinnernden Gespräch der beiden gestand Siegfried ihr, dass seine vorhergehende Freundin eine Verlobung als Voraussetzung für eine intime Beziehung gefordert hatte. So unterschiedlich die Wege auch sein mögen, so naiv und lustig, hemmend oder beschleunigend: Das Ziel lohnt sich immer, egal welchen Weg man sich aussucht.

Die Arbeiten in der Hotellerie verlangen schon immer viel Flexibilität, nicht nur nach innen. Hotelleute müssen raus in die Welt. Dank der guten Verbindungen des Hotel-Patrons des Europäischen Hofs bekam Siegfried ein Angebot als Kellner im Hotel Placa Athénée in Paris.

Auch Helga verließ das Hotel Europäischer Hof und wechselte als Rezeptionistin in das Hotel „Alt Heidelberg". Natürlich zog das Band der Liebe nach nicht allzu langer Zeit auch sie in die Stadt, die weltweit als der Magnet der Liebenden gepriesen wird. Sie folgte ihm. In dem kleinen aber edlen Hotel in einer Seitenstraße der Champs-Élysées, dem Hotel Celtic, wurde ihr die Position als Empfangsdame angeboten.

Nun begannen für das junge Paar insgesamt sechs turbulente und lehrreiche Jahre in Paris und London. In diesen beiden Weltstädten konnten sie in renommierten Häusern mit ihrer gründlichen deutschen Ausbildung und ihren zusätzlich erworbenen Wissen verantwortungsvolle Positionen besetzen. Daher sollte man sich nicht wundern, dass ein einst bescheidenes Kämmerlein alsbald einer anspruchsvollen Wohnung zweier fleißiger Facharbeiter weichen musste.

Vier Jahre waren Helga und Siegfried zusammen in Paris. Sie hatten, wie sie voll Stolz, aber auch begleitet von einem befriedigenden Lächeln und erlebter Freude, eine großartige Zeit – wie es bei uns in Deutschland heißt – „wie Gott in Frankreich gelebt." Genuss zu zweien in französischen Restaurants gehörten durch einen guten Verdienst mindestens einmal pro Woche zur Selbstverständlichkeit – Weltbürger par excellence. Um dieser gelebten Freiheit des Seins auch noch einen zusammenschweißenden gesetzlichen Aspekt zu verleihen, haben die beiden auch in Paris geheiratet – und das muss heute Wieblingen auch aushalten.

Trotz des Abschlusses der Hotelfachschule in Heidelberg, der den Titel des „staatl. geprüften Betriebswirtes" erlaubt, fand sich in Heidelberg keine Möglichkeit, die nicht voller Unruhe und annähernder Sicherheit und auch ausreichend bezahlt war. Das sind keine Haltegarantien für Menschen, deren Perspektive sich mehr zu einem Familienleben orientiert.

Mit einem Vorbereitungskurs und einem Studium an der Pädagogischen Hochschule erlernte Siegfried einen völlig anderen Beruf: Er wurde Lehrer für die Grund- und Hauptschule. Hier bleibt dem Erzähler fast die Spucke weg, weil ein derartiger Umbruch alles übertrifft und von einer großartigen Leistung zeugt.

In jeder Branche gibt es Mängel, aber auch Großartiges: Die Menschen der Hotellerie brauchen von Beginn an Weitsicht und Mut, erlernen Toleranz, akzeptieren einander, können anfangs die Sprache nicht, lernen dann aber schnell. Viele sind weltgewandt und haben dank ihrer Auslandsaufenthalte sehr viel mehr Verständnis für andere. Helga und Siegfried haben ihre Arbeiten nach Frühdienst und Zwischendienst, Nachtarbeit und Aushilfe in andren Abteilungen und Sprachproblemen ein ungeheures Plus aus dieser Erfahrung geschlagen:

Ihr Verdienst nach ihrer Heirat war, die Verbindung mit ihren eigenen Kindern und mit anderen ausländischen Kindern, auch jungen erwachsenen Sprachschülern aufzunehmen, zu beherbergen, Gasteltern zu sein und die riesige Freude, das Deutsche als Sprache mit einer gewissen Leichtigkeit und des Frohsinns zu vermitteln. Und, was so schnell hingeschrieben ist: Sie haben ihre drei Kinder schulisch bestens versorgt. „Mein lieber Scholli, sagt der Deutsche, oder etwas besser und internationaler klingend: „Chapeau!".

Um dem wichtigsten Anliegen dieser ehrlichen Liebe zu Heidelberg eine besondere Anhänglichkeit zu verhelfen, müssen Helga und Siegfried hier am Schluss noch mal mit diesen Zitaten gewürdigt werden:

„Wir haben unser Herz nicht nur in Heidelberg verloren, sondern auch unsere Herzen an diese wunderbare Stadt Heidelberg."

Helga und Siegfried aufgenommen Anfang 2018

Es war ein atmosphärisch wunderbares Gespräch mit Helga und Siegfried in einer Offenheit, mit der jeder gerne so locker umgehen sollte, diesen beiden aber bestens gelingt, weil ihre gegenseitige Erfahrung sie gemeinsam über die Hindernisse trägt. Deswegen leben Helga und Siegfried in einer so frohen Gemeinschaft, ausgelöst vom verlorenen Herz in Heidelberg und mitgenommen in die Welt.

Es ist kein Relikt aus üblen Zeiten, sondern für die Bewahrung anfangs schüchterner Annäherungsversuche bis hin zum jetzigen Verstehen des Lebens und seiner schönen Seite:

„Auch noch heute, nach all den Jahren, verwöhnt Siegfried seine Helga allmorgendlich mit dem Frühstücks-Kaffee!

Noch ein Chapeau!!

Das „Cafasö", ein geschätztes Lokal der 50-er Jahre

Frau Inge Tippe wurde 1938 in Braunlage im Harz geboren. Von keiner guten Erinnerung sind ihr die schlimmen Bodenkämpfe verfeindeter Soldaten, die sie als Kind nur unweit von ihrem Zuhause in dem waldreichen Harz miterleben musste. Sie selbst ist durch den Kriegstod ihres Vaters auch ein direktes Opfer dieser weltweiten Auseinandersetzung geworden.

Die damalige junge Frau Tippe wollte sich auch mal außerhalb ihrer bekannten Heimat umsehen, auch um zu erkunden, wo und was in dem sich im Wiederaufbau befindlichen Deutschland alles passiert. Sie kannte da eine Freundin im Rhein-Neckar-Kreis, doch das war auch weit weg von ihr und wo ist diese Gegend überhaupt genau? Sie erkundigte sich und trotz der recht großen Entfernung, aber in der Nähe von Heidelberg, machte sie sich auf nach Laudenbach – dem Wohnort ihrer Freundin.

Es war die Deutsche Bundesbahn, die sich ihr als günstigste und auch schnellste Beförderungsmöglichkeit anbot. Heidelberg war zwar nie zerstört worden, dennoch befand sich die Stadt in einer städtischen Umbruchphase, weil der alte Bahnhof mitten in der Stadt verschwinden sollte und ein großes Stück weiter nach Westen verlegt werden musste. Fräulein Inge, das war ganz im Gegensatz zu heute, im Jahr 1956 die korrekte Form, eine junge unverheiratete Frau anzusprechen, hatte das große Glück und Freude, in diesem neu erbauten Bahnhof in Heidelberg empfangen zu werden.

Am Anfang der Hauptstraße, vom Bismarckplatz aus startend, existierte ein großes Café namens „Cafasö", in dem auch schon nachmittags eine Kapelle zum Tanz einlud. Dorthin begaben sich die beiden schönen jungen Frauen, die eine aus der Kleinstadt Braunlage im Harz und die andere aus dem kleinen Ort Lauden-

bach im Rhein-Neckar-Kreis, um unbekümmert einen schönen Nachmittag zu genießen und dabei auch noch tanzen zu können.

Die junge Inge und der junge Ekkehard

Man kann sich das ganz gut vorstellen, wie jeder der Gäste seine Portion Kaffee oder Tee vor sich auf meist kleinen runden Tischen stehen hatte, vielleicht auch noch ein Stück Kuchen dazu bestellt, und die Kapelle entweder Foxtrott oder Marsch, mit Sicherheit aber auch Walzer und langsamen Walzer spielte. In der Mitte war die spiegelnd glatte Parkett-Tanzfläche und rund herum saßen die Tanzwilligen. Die Blicke der Tanzbereiten richteten sich nun zu den gegenüber liegenden Tischen, wo die meisten jungen Männer saßen, während diese sich wiederum mit den Frauen auf der anderen Seite beschäftigten. Vorsichtig, halb hinsehend, halb verlegen nach untern schauend und dennoch entschlossen, ein sympathisches Augenpaar zu erwischen und dazu auch noch die altersgerechte Frau auszumachen, das war die Kunst und das Ziel aller. So war die damalige Art des Kennenlernens in einem Tanzcafé in den fünfziger Jahren. Und für die Beteiligten war es dabei immer spannend und aufregend, konnte man doch nie ahnen, ob sich eine kurze oder länger andauernde Liebschaft ergeben würde. In dieser Zeit oblag es natürlich ausschließlich den Herren, den Mut und dann auch gleich noch die Initiative aufzubringen, eine der Schönen nach gelerntem und geübtem Benehmen und steifer Tanzschulen-Höflichkeit aufzufordern. Dann ist es ja nie so ganz einfach, eine wirklich fremde Person erstens ohne Herzklopfen zum Tanz zu bitten und dann auch noch gleich im Sauseschritt die Tanzfläche zu erobern. Es wagte dann einer der jungen Männer, Inge Tippe tanzend kennenzulernen. Hans-Dieter Fehrentz, ein gebürtiger Heidelberger und Student der Physik, konnte damit der jungen Frau aus dem Harz sein Interesse an ihr zeigen und mit seiner Tanzfreude auch noch beweisen. Es ist nicht mehr erinnerlich, ob die Musiker die Tanzharmonie der beiden so optimistisch einschätzten, um gleich mal einen flotteren Takt aufzulegen. Inge Tippe und Hans-Dieter Fehrentz begegneten sich jedenfalls in dem damals sehr bekannten Heidelberger Lokal - und haben auch hier ihre Herzen verloren. Ihre Liebe wurde mit einem intensiven Briefverkehr fortgesetzt und durch Besuche bei ihr im Harz oder erneut in Heidelberg weiter vertieft. Der entstandene Funkenflug war nicht mehr zu stoppen, so dass Inge bald ihre neue Heimat hier in Heidelberg fand und 1965 festlich geheiratet wurde. Frau Fehrentz hat sich und ihrem Mann im Laufe der Ehe eine Tochter und einen Sohn geschenkt.

„Heidelberg hat was"! Das sagen viele, fühlen viel und viele können nicht sagen, was sie fühlen und empfinden, aber ein Gefühl des Zuhause Seins packt fast alle. Man möchte hier hin kommen und eins werden mit diesen Heidelberger Schwingungen, der Behaglichkeit des Bleibens. Inge hat jedenfalls diese neue Heimat nun tatsächlich gefunden. Es gibt da schon ein paar Hinweise, was das Heidelberg-Gefühl ausmacht:

Für Inge Fehrentz war es die besondere Offenheit der Badener und ihr lockerer Umgang miteinander. Manche kühnen Gemüter spüren sogar einen mediterranen Einfluss auf das Klima und die Mentalität. Einige Zeitgenossen verherrlichen Heidelberg sogar als den „Nabel der Welt". Für nicht wenige ist es die Sprache der Badener- oder auch der Kurpfälzische Dialekt oder noch eingeengter: Das „Heidelbergerisch", das herauszufinden vermutlich nur für besonders geschulte Ohren möglich ist.

Von einem kaum glaubhaften Erlebnis erzählte Frau Fehrentz während einer USA-Reise, als sie mit ihrem Mann in einem Taxi saß und der Fahrer sich nach deren Heimat erkundigte. Spontan antworteten sie: Germany! Auch nach mehrfachem Wiederholen konnte der Amerikaner mit Germany nichts anfangen. Als sie in ihrer Not die Stadt HEIDELBERG nannten, da war es dem Mann im Taxi klar, „dass Germany in Heidelberg liegt."

Professor Hans-Dieter Fehrentz war Medizinischer Physiker an der Heidelberger Uniklinik. Neben dieser hochqualifizierten Position, die er Jahre begleitete, hatte er noch das Malen als sein Hobby mit mehreren Ausstellungen gepflegt, und Musik war ebenfalls eine seiner großen Leidenschaften. Außerdem war sein politisches Engagement zu jeder Zeit sehr intensiv und vielseitig.

Herr Fehrentz ist seit einiger Zeit in einem Heim für Demenz-Erkrankte. Seine persönliche Aufsicht und Pflege steht unter der täglichen Obhut seiner Frau Inge, die mit Verständnis und Geduld, Fürsorge, großer Energie nun die Liebe zu ihrem Mann aus einstiger Jugendzeit bewahrte und heute täglich zu ihrem kranken Mann mitnimmt.

Frau und Herr Fehrentz im Jahr 2010

Die Lebensliebe im
Schwimmbad am Tiergarten

Herr Ekkehard Mohn ist der einzige und erste Teilnehmer an unserem Projekt, nicht etwa weil er sich aus dem westfälischen Bochum meldete, sondern auch, weil er uns all seine Unterlagen zusandte, mit denen er sich schon bei ähnlichen romantischen Herzensangelegenheiten gemeldet hatte. Dies ist wahrhaftig nicht als ein Akt der Aufdringlichkeit zu verstehen, sondern als sein tiefstes Bedürfnis zu bewerten, um als 21-jähriger Student seine von Herzen und Seele empfundene Liebe zu der damals gerade mal 16-jährigen Schülerin Ingrid zu verstehen. Zum Glück hat eine ehemalige Schulfreundin von Ingrid Herrn Mohn auf unsere Aktion durch Zusenden des Zeitungsartikels vom November 2017 aufmerksam gemacht. Seine Liebesgeschichte begann damals als Heidelberger Romanze im Jahr 1957. Im Vorübergehen fiel dem erst 21-jährigen Verbindungsstudenten (Wingolf, Theologie) im Freibad ein wunderschönes Mädchen auf.

Das wäre ja zunächst nur mal eine Äußerlichkeit, Schönheiten gab es schon immer und überall. Aber sein intuitives Zusatzempfinden: „Genau mein Fall", das ist ein Gewicht, das keine Muskelkraft zu heben vermag, sondern seelische und vom Herzen gefühlte

Empfindungen, die in diesem Alter natürlich auch total neu, oder gerade deswegen unglaublich wegweisend sein können. Und dann erlebte ein so junger Mann auch noch am nächsten Tag dieses liebreizende Fräulein mit einer Freundin in der offenen Milchhalle des Schwimmbades am Fußsockel sitzend und war voll der Überzeugung, „niemals darf ich jetzt meinem Verstand folgen, sondern nur von der Herzensbestimmung leiten lassen." Solche „Stärken" sind meist nicht des Willens Absichten, sondern ein Herzenszwang. Getrieben von der Ansicht ihres schönen und edlen Antlitzes und auch noch der sympathischen Stimme und Sprache mischte Ekkehard sich einfach ein.

Ingrid und Ekkehard, Schwimmbad am Tiergarten

Auffallend jedenfalls ist auch, dass die Technik in Ekkehard Mohns Total-Liebe mit hineinspielte. Denn einige Tage später sah er Ingrid in einer größeren Gruppe ihr Fahrrad schieben. Vielleicht kann man Zufälle auch als des Schicksals Mächte bezeichnen, die Ekkehard hier nun kenntnisreich für derartige leichte Reparaturen zu nutzen wusste. Die beiden stellen dann fest, dass sie ungewöhnlich viele Gemeinsamkeiten teilten. Beide kommen als Flüchtlinge aus Schlesien, sind im Mai geboren, sind der/die jüngste von jeweils fünf Kindern und hatten die gleiche Blutgruppe u. v. m.

Die gesellschaftliche Aufgeklärtheit war bestimmt anders geschaltet in den Endfünfzigerjahren als heute, zumal auch der erzieherische Einfluss seitens der Eltern und Kirchen prägender für die jungen Menschen gewesen sein muss. Gewiss lässt sich erahnen, dass für Ekkehard durch die Wahl seines Studiums auch Neugier von Bedeutung war bis hin zu seinem Weltbild, das ohne eine überirdische Größe nicht auskommen kann. So lässt sich für diese beiden verliebten jungen Leute ein Glaube erahnen, der im 1. Korinther Brief Vers 13 festgehalten ist: Nun aber bleiben Glaube, Hoffnung, Liebe, diese drei; aber die Liebe ist die größte unter ihnen.

Ekkehard und Ingrid lernen sich also im Schwimmbad am Tiergarten kennen, kein verdächtiges Gebiet in Heidelberg, das sich als prädestiniert ausweist, hier sein Herz verlieren zu können. Dennoch oder gerade an diesem Ort hat sich ein so junges Paar im Vollbesitz jugendlicher Naivität entschlossen, eine Liebeslebenszeit einzugehen. Die Unkenntnis lebensbefürwortender oder lebensfeindlicher Einflüsse ist keinem Menschen schon im Voraus bekannt, so dass das Vertrauen auf das Leben möglicherweise auch vom Glauben aus bestärkt wurde. Damit konnten sich bei ihnen die Worte Angst oder Zweifel für ihr Leben nie auf einen fruchtbaren Boden fallen.

Das Ehepaar Mohn hatte drei Kinder mit insgesamt acht Enkeln. Die unablässige Liebe, die beide täglich umgab, gipfelte in 5200 Liebesbriefen, die sie auch nach dem 40. Hochzeitstag gemeinsam gelesen haben.

Das gestandene Ehepaar Mohn

Herr Mohn hat uns seitenweise selbst gedichtete Verse geschickt, die fast immer irgendwie mit Heidelberg und/oder ihm und Ingrid zusammenhängen.

Hier eines, in dem Heidelberg noch mal besonders verehrt wird:

Ihr Freunde, wie es kam:

Ich habe mein Herz in Heidelberg verloren,

an einem warmen Junitag

Ich war verliebt bis über beide Ohren in die,

die auf der Schwimmbadwiese lag

Und als wir später braun warn wie die Mohren,

bei jedem Kuss, da hab ich klar erkannt

dass ich mein Herz in Heidelberg verloren

Mein Herz, das schlägt am Neckarstrand.

Was ist aus dir geworden,

Seitdem ich dich verließ,

Alt-Heidelberg du Feine,

du deutsches Paradies?

Ich bin von dir gezogen,

Ließ Leichtsinn, Wein und Glück,

Und sehne mich, und sehne mich

Mein Leben lang zurück.

Ihr beschwerlicher Weg zum verlorenen Herzen in Heidelberg

Heidelberg, am 6. 2. 18: Frau Ute Geist, geb. Wirth ist eine gesprächsfreudige Frau, die allerdings auch sehr viel aus ihrem Leben zu berichten hat. Sie wurde 1944 in Hindenburg in Oberschlesien geboren. Dieses damals zu Deutschland gehörende Land Oberschlesien musste nach dem verlorenen Krieg an Polen abgetreten werden und war damit polnisches Staatsgebiet. Utes Vater war Soldat der deutschen Wehrmacht und blieb in der neu entstandenen DDR und heiratete auch dort eine andere Frau. Die polnischen Behörden zwangen die deutschstämmige Bevölkerung, ihre Namen der polnischen Sprache anzupassen. So wurde aus Ute Wirth Uta Witavska. Als sie zur Schule ging, hatte sie als Frisur eine Haarrolle. Auch dies wurde nicht toleriert und sie musste sich Zöpfe – polnische Zöpfe – wachsen lassen oder kurz schneiden. 1951 begann sie eine Ausbildung als Weiß-Näherin. Auf der begleitenden Berufsschule waren viele junge Frauen: Polinnen, Deutsche und Russinnen. Die Verständigung war sicher nicht einfach. Trotzdem haben sich die jungen Damen gut verstanden, woraus sogar langjährige Freundschaften entstanden. Uta Witavska hat ihre Gesellenprüfung gut bestanden, was jedoch wegen ihrer deutschen Herkunft nicht von den Schuloberen akzeptiert wurde.

Die Diskriminierung der polnischen Staatsorgane nahm kein Ende, so dass alle Deutschen, die Oberschlesien als ihre Heimat kannten, diese nun verlassen wollten bzw. mussten. Für Ute Wirth, wie sie sich alsbald wieder nennen konnte, begannen nun eine kleine Odyssee und die äußerst schwierige Beschaffung von persönlichen Familiendokumenten, die zur Zusammenführung unbedingt notwendig waren. Unerwartet erhielt Ute 1955 eine Postkarte ihres Vaters aus Bad Tölz, so dass sich nun die Möglichkeit auftat, über ihn dieses Ziel zu erreichen. 1964 fand sie zusammen mit ihrer Mutter in einem Barackendorf in Lebach im Saarland Unterkunft, galt hier als 18-jährige als minderjährig, während in Polen 18-jährige schon als Erwachsene gewertet wurden.

Von hier aus kam Ute gemeinsam mit ihrer Mutter nach Völklingen und durfte in die Förderschule, die sich in Worms befand und von Nonnen geleitet wurde. Auch diese Schule beendete sie mit einem erfolgreichen Abschluss. Danach arbeitete sie als Näherin und schneiderte Uniformen, was sie besonders gut konnte. Doch schon bald wurde sie krank und litt an schwerem Rheuma. Ihr wurden dann eine Umschulung und auch eine Rente genehmigt.

Die Umschulungsmaßnahme, die man ihr 1968 anbot und zur kaufmännischen Angestellten führen sollte, fand im Berufsförderungswerk in Heidelberg-Wieblingen statt.

Dieser lange Anlauf war nun notwendig, um mit Ute gemeinsam zu dem Ziel zu gelangen, warum auch sie ihr Herz hier in Heidelberg verloren hat.

Frau Ute und Herr Joachim Geist

In der Cafeteria dieser Umschulungseinrichtung waren natürlich auch Männer aus dem gleichen Grund. So saß die groß gewachsene Ute beobachtend an ihrem Tisch, als ihr ein ebensolcher großer dunkelhaariger Mann ins Auge fiel.

Das war schon immer die Vorstellung, wie mal der Mann für sie aussehen sollte. Diese frische Bekanntschaft war nun wegen der turbulenten Vergangenheit alles andere als erwartet, dafür aber von dem Prädikat begleitet, als Liebe auf den ersten Blick zu gelten – und Ute Geist möchte unbedingt betonen:

„Ja, ich habe mein Herz in Heidelberg und an einen echten deutschen „Geist" verloren."

Beide fanden nach der Umschulung eine ordentliche und zufriedenstellende Arbeit. Auch die Wohnungssuche war erfolgreich, so dass die gefundene Zuneigung und Liebe am 2. April 1971 die Krönung in ihrer Hochzeit fand und Ute Wirth ab sofort Ute Geist hieß und sie sehr stolz auf diesen schönen Namen war. Sie erzählte uns von einer glücklichen Zeit mit ihrem Mann, bis auf die Verweigerung von Hans-Joachim, der keine Kinder wollte. Anstatt Kinder zu bekommen bereisten beide dann viele Länder der Erde. Darüber hinaus waren für Ute auch kulturelle Veranstaltungen wie Opern, Theater und Kino die Erlebnisse, die für sie „ihre Welt" bedeuteten.

Hans-Joachim wurde bald so krank, dass er neben seiner Frau noch eine Unterstützung brauchte. Sie kannten schon lange eine Kasachin, die diese Aufgabe übernahm und Hans-Joachim liebevoll pflegte. Und nun musste er seiner Frau doch gestehen, dass es

ihm leid tut, sich gegen Kinder ausgesprochen zu haben und es für ihn auch schön gewesen wäre, von
einer eigenen Tochter gepflegt werden zu können.
Hans-Joachim starb viel zu früh am 8. 11. 2008.

Frau Geist adoptierte am 23. 12. 2009 die bereits 45-
jährige Kasachin mit viel behördlichem Aufwand und
nicht unerheblichen Kosten, was ihr die Kasachin aber
auch im höchsten Maße dankte.

Diese Frau aus Kasachstan hat einen Sohn und eine
Tochter. Diese haben wiederum auch einen Sohn, so
dass Frau Geist eine große Familie hat und keines-
wegs einsam ist.

Sie ist nicht nur Mama, sondern auch Oma und Groß-
Oma geworden.

Heidelberg hat ihr doch Glück gebracht. Das Lied, „Ich
hab mein Herz in Heidelberg verloren" ist ihr Lieblings-
lied!

Eine Rose der Liebe, eine Rose der Freude, eine Rose für Tanja - jedes Jahr.

Heidelberg, 7. Februar 2018:

Sie kamen nicht mit ihren Rennrädern, nicht weil es zu weit gewesen wäre, denn sie sind begeisterte und geübte Rennradfahrer, die schon mal locker 1000 km und mehr hinter sich lassen, wie zum Beispiel eine Tour von ihrer Heimat Langenau bei Ulm bis nach Xanten, fast schon in Holland gelegen. Aber die Februar-Temperaturen 2018 schlossen ein solches Unternehmen aus. Ihr Auto hat sie dann dorthin gebracht, wo sie sich auch kennenlernten – nach Heidelberg.

1997 stand Nikolai in der Phase der Prüfungsvorbereitungen in den Fächern Politik, Germanistik und Geschichte. Beide kannten sich aber zu diesem Zeitpunkt überhaupt noch nicht. Nikolai Palaoro – ein Name, der mit seiner italienischen Herkunft in sich schon schwingt und seinen drei offenen Vokalen in Opern bestens und stimmgewinnend eignen würde - besuchte eine Vorlesung in Linguistik eines Professors namens Gardt, die von vielen Kommilitonen als brillant gelobt wurde. Wenn Nikolai einen Hörsaal betrat, dann war für ihn klar, sich ganz hinten zu platzieren und zwar selten zur rechten Zeit dort anzukommen. Das ist an sich auch kein übles Vergehen, wenn nur der Stuhl sich hätte geräuschloser rücken lassen. So wird unbewusst Aufmerksamkeit erregt, und die jungen Damen und Herren der vorderen Reihen drehen sich reflexartig um.

So auch Tanja Volz, für die eigentlich als Langschläferin 9.15 Uhr eine unmögliche Zeit war, folgte wohl einem inneren Antrieb, um ebenfalls an dieser Vorlesung teilzunehmen, und nun von dem Stuhlklappern sich amüsiert umdrehte und dann mit ihrem Lächeln Nikolai traf. Es war kein flüchtiges Hinweghuschen für ihn, kein Alltagslächeln irgendeiner Frau, die er nicht kannte. Es war das herrlichste Lächeln, von dem er so wunderbar berührt wurde, das den Zauber dieses Frauengesichtes verkörperte. Nikolai, auch nach der Vorlesung noch gefangen von diesem herrlichen Lächeln, fragte dann – sein Fahrrad schiebend und zur ihr aufschließend - diese noch unbekannte Frau, ob sie denn auch bald ihr Studium abschließen würde. Tanja Volz ahnte natürlich überhaupt nichts von der Irritation des Unbekannten, die sie durch ihr Umdrehen zu Nikolai angerichtet hatte. Dennoch sollte man solche Zufälle nicht einfach als unbedeutend abtun, deren Ursprung zwar nicht klar ist, deren Wirkung aber messbar wird. Es sind wohl intuitionsgesteuerte Mechanismen, die den oder die Betroffene gedankenlos

128

handeln lassen, von ihrem Unterbewusstsein aber raffiniert geführt werden, um etwas zu tun, was scheinbar sinnlos ist.

Beide gingen nach dieser Vorlesung wieder ihrer Wege, nur bei Nikolai verfestigte sich dieses eindringliche und gewinnende und nicht erlöschen wollende lachende Antlitz, das nun auch bei ihm blieb.

In der folgenden Woche war eine zweite Vorlesung dieser Art geplant, und nun ermunterte der etwa 25-jährige Nikolai sich selbst, sie bei dieser zweiten Gelegenheit erneut anzusprechen. Er kam mit einem alten Fahrrad. Natürlich war er auch dieses Mal wieder zu spät und erneut suchte er sich den Platz ganz hinten mit dem gleich Ablauf: Stuhl klappernd schieben, Tanja guckte und schmunzelte, er sah zu ihr, sie lachte. Nach der Veranstaltung erlebte Nikolai den Fluch alten und verrosteten Gerätes, denn das Schloss an seinem Fahrrad ließ sich nicht öffnen – und Tanja ging alleine weiter. Nikolais Wunsch nach einem Gespräch oder überhaupt einer Annäherung gingen im stillen Zorn vor dem Fahrrad stehend unter - aber ein neues Schloss kaufte er sich dann doch.

Es lässt sich einfach vorwurfslos behaupten, dass Tanja von der von ihr ausgelösten und in Unruhe geratenen seelischen Innenwelt Nikolais nichts wissen konnte. Damit erfährt sie auch nicht die schwer zu er-

tragende Ungewissheit des noch unbekannten Kommilitonen.

Die folgende dritte Vorlesungswoche stand nun bevor
und Nikolai war nicht nur von seiner Initiative, sondern
auch von seinem Herzen geleitet, dass er diese Mal
dieses zauberhafte Lachen nun von ganz nahe erleben möchte. Er überwand sich und sprach sie an. Tanja war durch dieses unerwartete Verhalten sehr überrascht, aber ihre Zuneigung zu dem jungen Mann war
doch noch recht zurückhaltend. Dennoch trafen sie
sich dann regelmäßig.

Die Weihnachtsferien standen an, und man trennte
sich jeder für sich in die jeweilige Heimat. Der erste
Tag des wieder aufgenommenen Universitäts-
Studiums war das Wiedersehen in der Mensa. Nun
geschieht hier etwas, was sich möglicherweise nur an
einem so wunderschönen sonnigen Wintertag nach
Weihnachten ereignen kann und eben auch nur bei
diesen beiden: Tanja sah Nikolai dort sitzen. Die
schräg stehende Sonne durchdrang die Fenster der
Marstall-Mensa und erfasste das Gesicht von Nikolai,
das nun von den sanften Strahlen der Wintersonne
wunderbar beleuchtet wurde – und Tanjas Gefühle
erblühten nun so, wie sie Nikolai schon lange begleiteten, doch bisher ohne Antwort geblieben waren.

Nikolai hat aus der Erfahrung eines unzuverlässigen Fahrrades oder dessen Schloss' gelernt und traf sich fürderhin ohne dieses wichtige Fortbewegungsmittel mit ihr. Vielleicht deswegen, möglicherweise aber auch als echte Empfindung für ihr offener gewordenes Herz, fragte Tanja eine Woche später ihren verliebten Nikolai, ob er nicht ihr Fahrrad reparieren könne – und damit konnte Nikolai sicher sein, dass nun die Ungewissheit überwunden war und das beiderseitige Mögen zweier gefundenen Herzen hier in Heidelberg endgültig geglückt war.

Am 21. Januar 1998 folgte aus Dankbarkeit für die Radreparatur gleich die Einladung von Tanja zu sich nach Hause, wo sie für beide ein zünftiges Abendessen bereitete. Ein entspanntes Gespräch mit viel Verständnis zu- und miteinander, innerem Glück und Zuneigung endete erst so gegen 4.30 Uhr, das dann mit dem ersten Kuss seinen Höhepunkt fand – und als jährlich wiederkehrende Erinnerung, Dankbarkeit und Aufmerksamkeit schenkt Nikolai seiner Tanja an diesem Datum eine rote Rose.

Dieses Jahr waren es 20 Rote Rosen – zwanzig glückliche und zufriedene Jahre, geachtet und gewürdigt mit diesem wachen Gedächtnis und diesen schönen Blumen der Liebe. Gratulation! Die offizielle Hochzeit fand dann im Jahr 2004 statt.

Beide Ehepartner sind keine gebürtigen Heidelberger, Nikolai kommt aus Ulm und Tanja aus Heilbronn. Vermutlich stand der gute Ruf der Uni im Vordergrund, hier zu studieren. Heute ist Tanja in Ehingen und Nikolai in Ulm an den jeweiligen beruflichen Gymnasien tätig. Beide Lehrkräfte lassen es sich auch nicht nehmen, einmal im Jahr mit einer ihrer Klassen nach Heidelberg zu fahren, um mit ihren eigenen schwärmerischen Empfindungen den jungen Menschen die Stadt zu zeigen, deren Strahlung nach außen und anziehende Atmosphäre im Herzen der Altstadt keinen unberührt lässt.

Unser sehr angenehmes Gespräch von vier Menschen, die sich noch nie zuvor gesehen hatten, kann insofern nur als gelungen und harmonisch bezeichnet werden. Auffallend und eindrücklich sind das romantische Empfinden von Nikolai und Tanja, wobei Nikolai Heidelberg als „Meine Stadt" bezeichnet, und als Tanja zum Studium hier eintraf, da hat alleine ihr Herz gesprochen: "Hier bleibe ich".

Nikolai verfiel mit seinen Gedanken in die Heidelberger Herbstzeit und seine inneres Engagement seines Naturempfindens in Übereinstimmung mit der herbstlichen Naturgestaltung in dieser romantischen Stadt. Diese Jahreszeit repräsentiert sich autonom und unverwechselbar, aber in Heidelberg vermag sie ein noch viel empfindsameres seelisches Erahnen der herbstlich-ruhenden Stimmung spürbar werden zu lassen: Heidelberg scheint sogar die Jahreszeiten so für sich nutzen zu können, um mit den Menschen eins zu werden – so ein bisschen konnte Nikolai auch davon rüberbringen.

Tanja Volz und Nikolai Palaoro

„Aber den Blonden
würde ich nehmen!!!!!"

15. Februar 2018: Heidelberg ist weltbekannt, nicht nur wegen seines „alten Schlosses und den ernsten Halbruinen" (Goethe), der Altstadt, des Krebsforschungszentrums und der Universität und natürlich des Philosophenweges. (Seine Bezeichnung verdankt der Philosophenweg vermutlich nicht den bekannten Persönlichkeiten, sondern den Heidelberger Studenten, die den Weg wohl schon früh als idealen Ort für romantische Spaziergänge und ungestörte Zweisamkeiten entdeckten. Die synonyme Verwendung der Worte Student und Philosoph stammt aus Zeiten, in denen jeder Studierende vor Beginn des Fachstudiums Philosophie – die sogenannten sieben freien Künste – studieren musste) Als einer der wenigen Sportarten, die eine überschaubare Anhängerzahl für sich beanspruchen kann, hat Heidelberg sich mit dem Rugby-Sport zumindest einen Respekt verschafft. An sich ist das auch nicht so wichtig. Beachtenswert sind die Spieler, die sich mit anderen Mannschaften messen wollen und deswegen mindestens für ein Wochenende ihre Heimat verlassen müssen.

Hannover war nach Kriegsende von den Engländern besetzt. Damit könnte sich eine Vermutung nähren, dass Rugby von dieser Besatzungsmacht hier eingeführt wurde und die zumindest sportlichen Soldaten diesem Sport hier bei uns eine gewisse Popularität verschafften.

Im Mai 1984 fand in Heidelberg die Jugendmeisterschaft (19./20.5.) für Rugby-Teams statt. Willms Strodthoff war einer jener Spieler, der sich als Hannoveraner Bundesligaspieler mit zwei weiteren in Heidelberg aufhielt, um die Spieler der Jugendmannschaft zu unterstützen. Selbst gespielt haben sie an dem Wochenende nicht. Mitgenommen wurden sie im Auto ihres Trainers. Die Hannoveraner Mannschaftsangehörigen fühlten sich stark genug, diesen Wettbewerb für sich zu entscheiden. Wer aber nach Heidelberg kommt, muss umdenken. Hier sind die Abwechslungsmöglichkeiten derart vielfältig, dass das Motto umgekehrt gilt: „Erst das Spiel, dann die Arbeit!" Und so fand er sich alsbald mit drei anderen Kameraden in der Unteren Straße, eine Ecke der Altstadt, in der viele Lokale um ihre Kunden kämpfen. Sie waren bereits auf dem Heimweg, hatten aber noch Hunger. Zwei junge Damen kamen ihnen entgegen, und man bat um Auskunft, wo es denn noch was zu essen gäbe, fanden aber keine passende Adresse. Nun waren sie schon sechs Schwärmer in der Heidelberger Nacht. Sie fanden alle zusammen im „Reichsapfel", eine Wirtschaft, die ihnen gefiel und es gab hier ordentlich zu trinken. Die norddeutschen Jungs erwiesen sich als sehr erprobte Biertrinker, von dem Turnier am nächsten Tag sprach hier keiner mehr, denn sie mussten ja nicht selbst ran, dennoch sollen sie ihre Jugendmannschaft von außen engagiert anfeuern.

Andrea Kautny, eine damals etwa 23-jährige hübsche, junge, dunkelhaarige Frau, war eine der zwei Frauen, die sich mit den Hannoveranern in dieses Lokal traute. Ein solches Geschlechtergemisch der gleichen Generation hat sich natürlich viel zu erzählen, Aufmerksamkeiten werden geweckt, Blicke ausgetauscht. Dabei ist Andrea unter den Norddeutschen derjenige aufgefallen, den sie Willms nannten. Er war blond, nett und zurückhaltend.

Als dann doch der Aufbruch in Betracht gezogen wurde und einige unter den jungen Leuten doch nach Hause wollten, wurde Andrea von einem der jungen Männer aus Hannover gefragt, ob sie denn noch bleiben wolle? „Nein, aber den Blonden würde ich nehmen." Das ist ein sehr ehrliches, gewagtes, aber auch ein ungewöhnlich offenes und selbstbewusstes Angebot – fast schon mit Signalwirkung.

Alle gingen nun nach Hause. Zuvor verabredeten sich Andrea und Willms aber noch für den nächsten Tag. Sie trafen sich dann nach dem Rugby-Spiel. Es kann nicht anders bewertet werden, dass auch Willms mit dem gleichen Kompliment Andrea hätte hervorheben

können, wie abends zuvor es Andrea über ihn aus-
drückte: „Die schwarzhaarige würde ich nehmen."

Die Mannschaft fuhr nach Hannover zurück, Willms
aber bat seinen Trainer, noch eine Nacht bleiben zu
dürfen. "Aber am Dienstagabend bist du wieder zum
Training zurück."

Andrea hatte eine Wohnung im Haus der Großeltern
und damit Freiheiten, wie sie andere möglicherweise
großzügiger ausleben würden. Aber diese beiden waren von vorne herein anders gepolt. Ihr „zufälliges Zusammentreffen" muss bei beiden sehr eindeutig eine
unterbewusste Zukunftsplanung ausgelöst haben,
denn die zurückhaltende abendliche Begegnung mit
gemeinsamer Übernachtung ohne Avancen in gegen-
seitiger Übereinstimmung zeugt entweder von einer
ungewöhnlichen Disziplin, oder beide sahen im Geheimen eine gemeinsame Zukunft voraus, ohne dass
sie sich abgesprochen hatten.

Am nächsten Tag fuhr Andrea zur Arbeit, wobei man
sich auch ohne Fantasie sehr gut vorstellen kann,
dass sie diesen Weg heute sehr viel beschwingter und
fröhlicher nahm. Andrea informierte zuvor Ihre Eltern,
dass sie noch jemanden zum Spargelessen mitbringe.
Nach den zähen Arbeitsstunden nahte dann ihr Feier-
abend. Sie plante bestimmt eine kleine Zeremonie, um
ihren Eltern den Mann vorzustellen, mit dem sie in ih-

ren geheimen Überlegungen schwacher oder ganz starker Fantasieeinflüsse sich die schönste Zukunft ausmalte. Selbstbewusst kam sie mit Willms in den Hof ihrer Eltern. Und der Mutter entfuhr intuitiv der Satz: „Das ist ein schönes Paar!"

Willms wurde sofort als sympathischer Mann in die Familie aufgenommen, womit sich Andreas Zukunfts-hoffnungen nun mit der der Familie wirklich deckten.

Nun musste Willms wieder pünktlich, wie befohlen, bei seinem nächsten Training sein, was er auch befolgte. Damit begann eine Periode unterschiedlicher Kontakte zwischen den beiden Verliebten. Natürlich war die fernmündliche die praktischste. Aber das menschliche und auch das körperliche Miteinander sorgen doch noch für mehr Austauschmöglichkeiten, so dass der Zug oder das Auto diesen wichtigen Service boten.

Willms war noch im Studium der Wirtschaftswissen-schaften in Hannover, brach aber ab und belegte auf einer Schule für Informatik einen Zweijahreskurs, den er mit Erfolg abschloss.

Es ist äußerst selten, dass sich zwei gefundene Her-zen in Heidelberg so entscheiden, dass, wie bei den beiden Protagonisten, ein Umzug in eine andere Stadt erwogen wird. Die, die sich hier verliebt haben, wollen auch hier bleiben. Genauso handelte auch Willms, als er sich Ende 1987 in Speyer bei MBB bewarb. Bei

MBB/Airbus arbeitete er vom 1. 1. 1988 – 31.12.2002. Damit waren es statt ca. 450 km nach Hannover nur noch rund 20 km in das neue zuhause in Eppelheim.

Am Tag der Hochzeit eines befreundeten Paares, Freitag der 13. Juni 1986, entfachte dieses Fest bei Andrea und Willms ein so überwältigendes Glück, dass sie in vorauseilender Freude schon mal ihr erstes Kind zeugten. Daraufhin machte Andreas Vater Druck und sagte es auf typisch Badener Dialekt: „Jetzt wird geheiert".

Andrea konvertierte noch zum evangelischen Glauben, weil sie in einem protestantischen Kindergarten als Erzieherin arbeiten wollte. Willms hingegen pendelte bis 30.9.1987 noch einige Zeit zwischen Hannover und Heidelberg bzw. Eppelheim, um dann ab dem 1. 1. 2003 bei der Fa. Wild in Eppelheim eine verantwortungsvolle Position anzunehmen.

Für beide war nun das Gesamtpaket bestens geschnürt: Sie wohnten im Haus des Vaters, das geographische Umfeld gefiel beiden und die soziale Umgebung konnte für sie nicht besser sein.

Der Kreis hat sich geschlossen!

Andrea und Willms Strodthoff
nach dem Interview am 15. 2. 18

Ein Kater entscheidet über das Ja oder Nein der Ehe

14. Februar 2018: Sie ist ausgebildete Lastkraftwagen-Fahrerin. Gewiss lässt sich heutzutage ein so mächtiges Fahrzeug auch von einer Frau lenken, weil die fahrtechnischen Erleichterungen das möglich machen. Aber mutig und selbstbewusst ist das schon. Deswegen kann sich Frau Peking auch mit großer Berechtigung als eine Kapitänin der Landstraße oder vielmehr der Autobahn nennen, deren Fahrstrecken sich teilweise über ganz Europa erstreckten.

Dann wechselte sie ihren Aufgabenbereich zu einer anderen Firma, die einen Hol- und Bring-Dienst zum Frankfurter Flughafen und dessen Nebenflughäfen organisierte. Der Anspruch ihres Chefs sollte ein guter bis exklusiver Service sein, was aber nicht so recht gelingen wollte. Auch die Personaleinstellungen oblagen ihr in Zusammenarbeit mit dem Boss, doch der scherte sich nicht um diese Abmachung und stellte einfach einen neuen Aushilfsfahrer ein. Dieser rief sie dann irgendwann an, und dies gleich in dem vertraulichen Du. Dies verbat sich aber Agathe Peking sofort, denn gleich solch eine vertrauliche Anrede ohne sich je gesehen zu haben, das geht nie gut.

Was nun diesem Verhalten total entgegen lief, war dann ein einstündiges Gespräch zwischen Agathe und Manfred. Es war die Stimme des Mannes, die Agathe begeisterte, das Timbre und auch wohl der Charme seiner Sprache. Die Summe dieser Attribute bewirkte bei Agathe, dass sie ihr Herz an den gebürtigen Heidelberger Manfred Müller übers Telefon verloren hatte. Dann schwieg das Telefon aber für eine gewisse Zeit, auch die dienstlichen Kontakte schienen wie eingefroren. Dafür aber wurden rein privat die E-Mails umso intensiver genutzt, um den verbalen Austausch nur nicht einschlafen zu lassen.

Weil beide meist unterschiedliche Ziele anfuhren, konnten sie sich auch nicht begegnen. Dann übernahm schließlich Kommissar Zufall das Kommando, als beide aus Versehen sich am Frankfurter Flughafen begegneten und sich zum ersten Mal sahen. Schon als er zur Tür herein kam, ohne dass sie erkannt hätte, dass es sich um ihren Kollegen handelte, traf es sie wie ein Blitz und sie dachte nur: „DAS IST ER!! Sowohl mein Mitarbeiter, aber vor allem auch der „Mann meines Lebens" Diese Bekanntschaft ereignete sich zu einem Zeitpunkt, als Agathes Leben sich in einem tiefen Tal des Kummers und der Aussichtslosigkeit befand. Ihre finanziellen Sorgen verschärften sich bis hin zu einem leeren Kühlschrank, denn Geld für kühlpflichtige Lebens-mittel war nicht mehr vorhanden. Hinzu kamen der Tod der Mutter im Jahr 2001 und das

Ableben eines guten Freundes ein Jahr später. In dieser miserablen Lebensverfassung tauchte nun aus dem Nichts „Ihr Ritter auf dem weißen Pferd" auf. Wie von der „Himmel-Post" geschickt, stand nun Manfred, der Mann ihres Lebens neben ihr und „rettete" sie aus ihrer verhängnisvollen und schmerzhaften seelischen Krise.

Es muss wohl um diese Zeit oder ein wenig später gewesen sein, dass Agathe erneut den Lauf des Lebens in all seinen freundlichen wie auch zerstörerischen Facetten kennenlernen musste: Ihr Vater starb 82-jährig an Krebs. Sein Alter und die Unheilbarkeit seiner Krankheit könnten sie ein wenig versöhnt haben. Sie musste sich aber auch mit der gnadenlosen Vorgehensweise des Lebens abfinden. Ihr bis dahin so wunderbar funktionierendes und harmonisches Verhältnis zu ihrem Bruder wurde durch dessen jähen Tod im Alter von 59 Jahren vernichtet. Nicht sie alleine ergriff tiefste Trauer, denn ihren Mann Manfred und ihren Bruder hatten eine äußerst verständnisvolle und unkomplizierte Männerfreundschaft verbunden.

Auch wenn Manfred seinerseits diese Frau „erst als Liebe auf den zweiten Blick" in sein Herz einschloss, so war nun Agathe ganz wild, schnell zu heiraten. Doch Manfred bremste. Vielmehr übernahm nun der Kater von Agathe eine ungewöhnliche, aber wichtige Rolle. Irgendwann besuchte sie Manfred bei ihm zu

Hause, wo ebenfalls ein Kater die „Neue" inspizierte. Das verlief problemlos. Doch als er zu ihr kam, da wusste Agathe, welche Verhaltensweise das Tier zeigen wird. Würde der Kater, den man „Mocwy" nannte, Manfred beschnuppern und sich verziehen, signalisierte er: Der ist nichts für dich! Als Manfred sich aber auf die Couch setzte, durchströmte Agathe ein Wohlgefühl der Dankbarkeit. Der Kater legte sich neben Manfred auf das Sofa, er kraulte das Kätzchen und dem Zusammenleben der beiden konnte sich nichts mehr entgegenstellen. Das ist auch eine Methode, Verantwortung an eine Katze zu übertragen. Doch was wissen wir Menschen schon von „psychotherapeutischen Fähigkeiten" einer Katze oder deren Feingefühl. Möglicherweise sind deren Lebensantennen sehr viel feinstofflicher angelegt als wir das ahnen können.

Agatha Peking arbeitete nun in St. Leon-Rot. Ihr waren diese unterschiedlichen Zieladressen nach der Arbeit einfach zu lästig: Entweder nach Heidelberg zu ihm zu fahren oder zu sich nach Hause nach Epfenbach. So entschlossen sich nun beide, mit alle Katzen – vier, darunter zwei Kater – nach Sandhausen zu ziehen.

Frau Peking bedrückte aber noch immer ihr Status als unverheiratete Frau neben Manfred und zog ernsthaft in Erwägung, ihm einen Heiratsantrag zu machen. Ein Arztbesuch von Manfred sorgte jedoch für eine grundlegende Wende: Während sich Manfred beim Arzt aufhielt, wusste Agathe nicht so recht, was sie mit sich selbst anfangen sollte. Als er dann wieder heim kam, lag sie im Bett. Manfred setze sich auf die Bettkante. Agathe hörte im Halbschlaf immer ein sie störendes Knistern, bis sie dann den Kopf hob und sah, dass Manfred die Pracht der mitgebrachten Blumen natürlich ohne diesen geräuschintensiven Schutz überreichen wollte. Plötzlich entdeckte sie mit Schrecken, dass Manfred Tränen in seinen Augen hatte: Es sind wohl Tränen der Art, die keine Wehleidigkeit bedeuten, sondern eine Botschaft übermitteln sollen, durch viele vorausgegangene Überlegungen, dem Augenblick des Geschehens und der Nachhaltigkeit des Anlasses einen gemeinsamen Wunsch erfüllen soll: Manfred machte ihr den lange ersehnten Heiratsantrag mit dem so tief reichenden ernsten Gedanken der Liebe zu ihr und dann mit dem ehrlichen, wahren und schönen Satz: „Du weißt nicht, wie wichtig du für mich bist".

Natürlich wollte Agathe jetzt so schnell wie möglich heiraten und Manfred stimmte auch zu. Dann aber stellte sich zumindest kurzfristig der Standesamt-PC als modernes und stures Hindernis den beiden in den Weg. Müller wollte Frau Peking nicht heißen, und Peking war für Herrn Müller nicht akzeptabel. So suchte man einen Kompromiss: Müller-Peking. Der PC reagierte nicht und ließ selbst nach vielen Versuchen diese Kombination nicht zu. Nun drehte man diesen Doppelnamen einfach um, und so heißen diese beiden für alle Zeit eben Peking-Müller.

Im April 2009 fand dann im Lokal „Zum Brückeaff" eine sehr schöne Hochzeitsfeier statt, die Agathe in wunderbarer Erinnerung hat.

Am Ende des Interviews kam dann noch Herr Peking-Müller zu uns an den Tisch. Der einstige Aushilfsfahrer zum Flughafen erschien zwar nicht in Uniform, aber er war und ist ein wahrhafter Polizeibeamter.

Und diese Geschichte lehrt aber auch, dass Abmachungen zwischen einem Chef und seiner 1. Angestellten sich nicht immer lohnen eingehalten zu werden. Denn hätte ihr Vorgesetzter nicht ihrem heutigen Mann Manfred ohne ihr Wissen diesen Job angeboten, würde Frau Agathe Peking noch heute ohne den zweiten Namen Müller – A. Peking heißen.

Siegfried Rodat (l.) und Knut Schimmel trafen gut 15 Paare, die ihr Herz in Heidelberg verloren haben. Foto: Hentschel

So stand es am 16. Februar 2018
in der Rhein-Neckar-Zeitung.

Eine Nachbetrachtung

Heidelberg! - Schwingt da wirklich was mit? Klingt etwas nach? Erinnert man sich an eine Besonderheit? Gefühlsduselei, Suggestion?

Gleich nebenan Mannheim und Ludwigshafen. Die Kriegsgesetze wirken hier uneingeschränkt. So wie Deutschland rücksichtslos den Krieg begann, so beendeten die Alliierten diesen.

Haben wir es mit der Gnade amerikanischen Respektes vor baulichem Feingefühl oder der Einmaligkeit landschaftlich gelungener Zusammenfügung von einem hoch herrschaftlichen Schloss und altstädtischer Unzerstörtheit zu tun? Oder hatte vielleicht doch nur der nüchterne Gedanke Priorität, hier das Haupt-Quartier der Amis für die nächsten Jahrzehnte zu errichten?

Was immer die Gründe waren und wer immer auch die Wahrheit darüber weiß. Der Lauf des Neckars war wohl der Urväter erster Gedanke, hier - und nur hier - eine Stadt zu errichten.

Diese seit dem 11. Jahrhunderts bestehende Stadt Heidelberg hat viel erlebt, vor allen Dingen der Sonnenkönig aus Frankreich hat die Auseinandersetzungen der Erbfolge der Kurpfälzer genutzt, dass über

Heidelberg und über die so unglückliche Liselotte von der Pfalz die Flammen des Feuers die Sonne verdunkelte.

Der Altar der Bewunderung und Begeisterung, den Gesamt-Heidelberg zu bieten scheint, der ist geblieben, den nutzen unvorstellbar viele Menschen und verlieben sich in diese Stadt – und nicht wenige finden hier ihren Lebenspartner – die sich nach unseren Begegnungen auch ein Leben lang begleiten – dank Heidelberg?

Die Herzen gehen hier nicht verloren, die Herzen haben und werden sich hier noch immer finden - in Heidelberg!

KS

Knut Schimmel

Knut Schimmel wurde am 21. März 1944 als 5. Kind einer Zahnarzt-Familie in Wallmerod im Westerwald geboren. Nach der Volksschule besuchte er fünf Jahre das Gymnasium in Montabaur und Oberlahnstein und zwei Jahre die Handelsschule Dr. Lax in Montabaur.

Nach sechs Monaten Hotelberufsfachschule in Bad Reichenhall und einer zweieinhalbjährigen Ausbildung zum Hotelkaufmann im Hilberts Parkhotel in Bad Nauheim erweiterte er in verschiedenen Hotels und Positionen mehrere Jahre im europäischen Ausland und Deutschland sein berufliches Wissen. Dazu gehörte schließlich noch mit 39 Jahren der Abschluss einer Hotelfachschule zum Hotelbetriebswirt.

In Heidelberg war er zehn Jahre Einkaufsleiter in zwei Großhotels. Seit 1996 ist er mit Dr. Gisela Merle verheiratet, mit der er vierzehn Jahre in Nürnberg wohnte. Knut Schimmel hat eine Autobiographie geschrieben: „Knut... ein unbekümmertes und turbulentes Leben", eine Erlebnisgeschichte von seinem Krebs: „Warten und Hoffen", eine Familien-Chronik: „Die Schimmels aus Wallmerod" sowie mehrere Kurzgeschichten, u. a. „Der Verlust meines Hausarztes" die im Deutschen Ärzteblatt veröffentlicht wurde und „Der Kastanienbaum im Garagenhof", die in der Rhein-Neckar-Zeitung erschien.